Rache

der

Vergangenheit

Copyright © 2021 Charly Cesar

Herstellung und Verlag:
BoD - Books on Demand,
Norderstedt

ISBN 978-3-7534-8118-0

Coverdesign by A&K
Buchcover
www.akbuchcover.de

Kapitel 1 – Rückblende

Der Rauch versuchte chancenlos aus den geschlossenen, vergitterten und blickdichten Fenstern des alten Gebäudes zu steigen. Nur aus dem unteren Spalt der großen, schweren Eisentür, die gerade durch einen Mann mit einer Kette zusätzlich verschlossen wurde, konnte er minimal entkommen. Der Mann klickte das Schloss zu, drehte den Schlüssel und die Kette würde solange standhalten, wie das schwächste Glied von ihr. Er schluckte den Schlüssel, wie den vorigen vom Eisentor in den Magen hinunter.

Stone kam geduckt zu ihm gerannt. Die Sicht wurde zunehmend schlechter. Es wurde stickig und heiß. Man hörte Menschen schreien. Der Mann, der gerade die einzigen Chancen zur Fluchtmöglichkeit geschluckt hatte, hustete stark. Auch Stone hustete den Teufel aus sich raus und versuchte mit Handwischbewegungen bessere Sicht zu seinem eben entpuppten Kontrahenten zu bekommen.

»Was hast du getan?« »Das einzig richtige. Du hättest nicht darauf bestehen sollen, dass Billy kämpfen muss.«

»Wir hätten so viel Geld mit ihm verdienen können.«

»Vergiss es. Die Flammen werden alles vernichten. Auch dich und mich. Dann ist es endlich vorbei.«

»Es wird niemals vorbei sein. Ich werde einen anderen Weg rausfinden.«

»Nicht solange ich noch lebe.« Kurze Pause. »Nur über meine Leiche!«

Der Mann nahm eine bedrohliche Kampfposition, trotz der misslichen Lage mit dem immer näher kommenden Feuer, ein. Vom Rauch, der die Sicht und die Atemwege beschlagnahmte ganz zu Schweigen.

Stone versuchte nochmal den Rauch vor seinem Gesicht wegzuwischen. Als diese Handlung fehlschlug, zog er sich die Schuhe und die Socken aus, nahm auch eine Kampfposition ein und sagte zu seinem Gegner: »So möge es sein! Durch deine eigens erfundene TZT wirst du jetzt sterben!« Der Mann lächelte ihm entgegen. Er war bereits barfuß und spreizte die Zehen.

Kapitel 2 – Jahresmarkt

George war mit seinen 38 Jahren, der älteste von vier Brüdern. Auch in Größe und Gewicht schlug er sie alle. Vor zehn Jahren kämpfte George mit den beiden nächstjüngeren Brüdern James und Bruce in einem Kampfclub und man wusste dort, dass er sein eigenes Killerkommando war. Wer sich gegen ihn anlegte, fuhr am Ende des Tages mit der Zahnbürste in Leere. Er musste in den Kämpfen nie großartig nachdenken, lediglich rau und primitiv werden (was er teils von Haus aus war) und fest zuschlagen.

Der Hüne, bekam gerade von seinem nächsten Vorgesetzten Kevin, der die Details aus seiner Vergangenheit nicht wusste, eine Menge Papierkram in seine Plastikablage am Schreibtisch gelegt. Er deutete mit aufgerissenen Augen auf den Stapel und sagte in scharfem Ton, damit von ihm kein Widerspruch kam: »Dringend! Heute noch!«

George, der unregelmäßig das Fitnesscenter besuchte, weil sie alle nach dem großen Brand im Kampfclub, wo neben allen Kämpfern auch ihr Vater das Leben verlor, ein normales Leben begonnen hatte und es keinen Grund für übermäßiges Training für ihn gab, sah ihn müde an und sprach: »Ja Kevin. Mach ich.«

Des Vorgesetzten Statur war nur die Hälfte von dem, was George mit 191cm Größe und 130kg Gewicht verkörperte, weshalb Kevin immer Angst hatte, dass George seine Autorität in Frage stellte und er einfach gereizter und boshafter auf ihn reagierte. Kurze braune Haare, ein kantiges Gesicht

und dazu noch der bullige Körper, ließen Männer beim Anblick von George ohne Selbstbewusstsein glauben, sie wären
Vogelscheuchen.

Knapp hatte George noch verhindern können, dass Kevin
den Bildschirm von ihm sah, auf dem das Online-Schach-
spiel zu sehen war.

Als er das Büro von ihm verließ und die Tür geschlossen
hatte, verdrehte er die Augen und sagte in normaler Laut-
stärke: »Leck mich Kevin.«

Er fasste den todbringenden Feind der positiven Gedanken
ins Auge und fluchte: »Mann, was mir der wieder für
Scheiße bringt.«

Gerade als er auf den Stapel greifen wollte, um sich ein Bild
über die zeitliche Planung machen zu können, rief Madeleine, die Frau von seinem jüngeren Bruder James an und
verlor hektisch nur Wortbrocken:

»Bist du im Büro George? Kannst du kommen? Hier ist voll
das Chaos!« Er hörte im Hintergrund Geschreie und musste
den Hörer ein Stück vom Ohr weghalten.

»Wo bist du? Was ist passiert? Wo ist James?«

Die Antwort kam wieder rasend schnell, fast panisch, obwohl Madeleine normalerweise die Ruhe in Person, wie ihr
Mann war: »Am Jahresmarkt! Das hat wer geschossen!«

»Wo sind die Kinder?«, fragte George geistesgegenwärtig.
Fast hätte ihn der Papierkram von Kevin ein paar Hirnzellen
gefressen und hätte ihn vermutlich nicht so schnell reagieren
lassen.

»Bei mir! Kannst du kommen?«

»Bin gleich da!«

George stürzte aus seinem Büro hinaus und stieß dabei Kevin unsanft nieder, der gerade einen weiteren Aktenstoß bei Helene losgeworden war. Sein oberster Chef sah von weiter weg aus seinem Bürofenster aus zu und schüttelte nur den Kopf.

George rief zu Kevin: »Sorry!«

Der Chef murmelte fragend zu sich selbst: »Warum haben wir den nochmal eingestellt?«

George lief die Treppen zur Tiefparkgarage hinunter, ärgerte sich über das Fitnesshindernis und über seine lasche Kondition, setzte sich seinen Helm auf, den er immer provisorisch neben sein Motorrad legte, sprang darauf und trat den Kickstarter volle Wucht hinunter. Die KTM LC4 gab kein Lebenszeichen von sich. Nach ein paar weiteren Trittversuchen und wüsten Flüchen seitens George, gab das Motorrad auf und pumpte wütend Benzin und Öl durch Getriebe, Motor und sämtliche Leitungen.

Grantig brüllte sie durch die Garage, hinaus in die Freiheit. Mit unerlaubter hoher Geschwindigkeit jagte George sein nicht immer verlässliches Bike durch die Stadt, knapp vorbei an Menschen, die über Zebrastreifen gehen wollten und haarscharf durch den Verkehr. Selbst rote Ampeln hielten ihn nicht vor einem Gesetzesbruch zurück.

Seine Nichte, sein Neffe, seine Schwägerin und sein Bruder waren in höchster Gefahr. Wer schoss auf sie? George konnte sich keine Antworten im Kopf zusammenreimen, da er sich konzentrieren musste, um unfallfrei rasch am Ziel zu sein. Er ignorierte das leuchtende Tankstellensymbol am

einfachen Display der KTM. Zum Glück war der Jahresmarkt nur ein paar Minuten entfernt.

Dort angekommen sah er viele in Panik ausgebrochenen
Menschen herumlaufen. Es herrschte pures Chaos, wie ihn
Madeleine so gut beschrieben hatte. Im Trubel versuchte er
seinen Bruder und dessen Familie zu finden.
Nach ein paar Schreien seinerseits, hörte er ihre, blickte sich
um und sah die schmale hübsche Frau mit braunen langen
Haaren und zwei blondbraunen Kindern hinter einem Ver-
kaufsstand, der eine gute Deckung vor fliegendem Blei bot.
Madeleine musste ihre Kinder zurückhalten, dass sie George
nicht entgegenliefen. Als er bei ihnen hinterm Versteck war,
kniete er sich nieder und fragte die zwölfjährige Jade und
den zehnjährigen Bret: »Geht es euch gut?«
»Ich fürchte mich Onkel George«, schluchzte Jade. Ihre
blonden langen Haare hatten einen Wirrwarr-Day.
Bret war gefasster, brachte aber nur ein kurzes »Hallo Onkel
George« heraus.
George umarmte die beiden gleichzeitig. Wie Spielpuppen
würden sie einem Außenstehenden vorkommen, wenn sie
sie in den Pranken, die in muskelbepackte Oberarme des
mächtigen Hünen mit leichtem Fettansatz übergingen, so sehen würden.
Madeleine hatte ihre hysterische Art wieder verloren und
keuchte: »Danke, dass du gekommen bist.«
George sah sie mit finsterer Miene an, während er noch immer die Kinder mitfühlend (zer)drückte und ihnen am Rücken klopfte: »Wo ist James? Von wo sind die Schüsse gekommen? Ist jemand verletzt worden?«

Madeleine sah angsterfüllt in das Menschenchaos.

»Ich weiß nicht wo er ist. Er wollte uns Zuckerwatte holen.«

»Hast du versucht ihn anzurufen?«

»Er hat sein Handy nie dabei, wenn er mit uns unterwegs ist.«

In diesem Moment kam James angerannt. Er war beim Training das Gegenteil von George, was auch seine Statur über ihn verriet:

180cm groß und 85kg schwer mit einem top durchtrainierten Körper, der immer bereit war. Er hatte beinahe jede Kampfsportart studiert und ausgeübt und war außerdem Experte im Umgang mit Hieb- und Stichwaffen. Damals im Kampfclub hatte er die Gegner kompromisslos in Death-Matches getötet. Er kannte keine Gnade und war immer fest entschlossen.

Heute war die Familie das Wichtigste, seine Brüder eingeschlossen und er hatte gelernt, verantwortlich als vorbildlicher Vater zu agieren.

James war bei der Berufsfeuerwehr tätig und machte abseits des Jobs viele Ausflüge mit der Familie. Viel Ablenkung war die beste Medizin, um die schrecklichen Taten der Vergangenheit zu vergessen.

Als Kind war er der Auffälligste von seinen Brüdern. Am liebsten verkleidete er sich als Ninja und warf die berühmten Sterne der Assassinen. Ein Sonderling war er auch heute noch, weil man ihn nicht einschätzen konnte. Seine ruhige und nachdenkliche Weise zeichnete ihn außerdem zusätzlich aus. Er war das Hirn der Brüder.

Wenn James sich über eine Person dachte, sie dürfe nicht mehr leben, ganz gleich aus welchem Grund, dann war das schon ein hundertprozentiges Todesurteil für den- oder diejenige(n).

»Geht es euch gut?« James hatte braune kurze Haare, wie George und das verblüffende war, man sah aktuell keine Schweißperle auf seiner Stirn. Seine Kinder und Madeleine nickten. Jade und Bret blieben aber bei Onkel George im Klammergriff.

»Wo steht dein Motorrad George? Gib mir deinen Schlüssel! Schnell!«

George kramte in seiner Hosentasche und tat wie ihm geheißen. Hastig spuckte er nur ein Wort aus: »Eingang!«

»Was tust du?«, fragte Madeleine auf eine besorgte und nicht besorgte Art und Weise.

»Ich habe den Schützen entdeckt! Ich nehme die Verfolgung auf!«

»Sei vorsichtig!«

Jade weinte jetzt. Bret hatte ebenfalls schon Tränen in den Augen.

»Ich habe Angst Papa!«

James lief bereits Richtung Motorrad und schrie zurück: »Habe keine Angst mein Sohn!« George wunderte sich, dass er die halbblauten Worte von Bret durch den Lärm noch hörte und beruhigte die Kinder:

»Euer Papa ist gleich wieder da. Der weiß schon was er tut.« Madeleine sah ihrem Mann ebenfalls mit Tränen in den Augen nach und fand nur leise Worte: »Pass auf dich auf James.«

James startete die LC4 beim zweiten Tritt und murmelte noch schnell »Blechdose«, als er sich um den flüchtenden

Schützen umsah. Langsam rollte er vorsichtig im ersten Gang in die Menschenmassen.

Da sah er ihn. In geduckter Pose saß er auf seiner Honda CR, die gerade vor lauter dezenter Brachialität ihr Vorderrad in der Luft hatte. James sah die 500-er Beklebung auf der Verkleidung der Maschine und wusste, dass er Motorradtechnisch benachteiligt war, was kein Grund für ihn war aufzugeben. Der Mensch zählte und machte den Unterschied, der ein Gefährt lenkte.

Das Zweitaktgefährt des Schützen, der eine Langfeuerwaffe am Rücken umgehängt hatte, plärrte auf, da er runterschaltete, als er James mit der LC4 angebrüllt kommen sah. Wieder stieg das Vorderrad der 500-er auf. James holte durch diese Ineffizienz, wie er es sagen würde, auf. Er wollte ihn ins Heck fahren, um ihn vom Motorrad zu werfen, doch der Crossfahrer besann sich, holte das Vorderrad vom Himmel und drückte den Lenker für mehr Grip auf den Asphalt und driftete im letzten Augenblick nach links weg. James schlug mit der fünfzig Kilo schwereren Maschine ebenfalls einen Haken und nahm die Verfolgung und sein Vorhaben wieder auf.

Sie wichen aufgeregten Besuchern vom Jahresmarkt aus, dann den Passanten auf den Gehwegen, da es für beide keine Regeln mehr gab. Ein Fußgänger würde das eben gesehene folgendermaßen beschreiben:

»Die beiden sind wie Irre rücksichtslos herumgefahren. Dem einen ist dauernd das Vorderrad aufgestiegen und der andere hat einen unmöglichen Drift um die Verkehrsinsel gemacht. Dann ist der andere über die Böschung gesprungen. Mehr kann ich nicht sagen. Die sind dann hinter den Hügeln verschwunden. Gehört hat man sie aber noch ein paar Minuten!«

Der Schütze und James waren außerhalb der Stadt, im nahe gelegenen Wald. An einer dicken Wurzel, die aus dem steinigen Weg ein paar Zentimeter zu viel hinausragte, hätte der Gejagte beinahe einen Überschlag produziert. James holte auf, war sich siegessicher, als die KTM zu husten begann. Erschrocken und schnell blickte er an ihr runter, ob er augenscheinlich von außen was sagen konnte was los war, zum Beispiel aufsteigender Rauch, dann auf das Display und stellte den knappen Sprit fest, denn das blinkende Symbol anzeigte. Er wollte noch auf Reserve schalten, weil er dachte, dass das George noch nicht getan hätte, doch die Feststellung war negativ.

Der Schütze entkam mit seinem Wunderwerk von Honda.

James nahm seinen Helm ab und blickte ihm nach. Enttäuscht und verärgert gab er mit zusammengebissenen Zähnen ein leises »Fuck!« von sich.

Kapitel 3 – Besprechung

Der Stammgast, Schusswaffennarr und Freund mit dem kleinen Bäuchlein der Brüder namens Ralph, der immer einen Schweißfleck am Rücken hatte (auch im Winter), spielte mit Bruce gerade Dart in einer halbvoll menschengefüllten Bar. Ein *Messiah Force* Song namens *Hero's Saga* dröhnte aus den Boxen.

Ralph erfreut: »Du hast schon wieder verloren. Ein Bier bitte.«

»Kommt gleich. Lara, mach uns noch ein Bier!«, befahl der Barbesitzer Bruce verärgert seiner einzigen Kellnerin, mit der er mal eine flüchtige Beziehung hatte.

Lara war eine hübsche blondhaarige Kellnerin, die ihren Job und diese Bar mit den Gästen liebte, allerdings nicht mehr Bruce, was oft zu Spannungen führte. Sie warf ihm einen verabscheuungswürdigen Blick zu.

Ralph und Bruce setzten sich an ihren Stammtisch und warteten auf den Besuch und das Bier.

Bruce war nach James der nächstälteste mit 33 Jahren in der Reihe der vier Brüder. 178cm groß und 93kg schwer. Seinen Charakter würden die Brüder so beschreiben: jähzornig, unausgeglichen und egoistisch.

Wenn er trank neigte er zu gewalttätigen Handlungen. Gelegentlich auch ohne Alkohol. Wurde er wütend, musste er rasch in seine Behausung, die hinter der Bar angebaut war und tobte sich in seinem Trainingsraum beim Boxsack aus.

Damals im Club wäre er beinahe der Boxchampion geworden, doch seine Arroganz stand ihm schon immer im Weg. Bruce hatte schütteres schwarzes langes Haar und hatte trotz seiner leichten Alkoholsucht einen bemerkenswerten, muskulösen Körper.

Flüchtige Frauenbeziehungen kennzeichneten seinen weiteren Lebensinhalt.

Bruce wollte man nicht als Gegner haben. Seine Brutalität glich der auf einem mittelalterlichen Schlachtfeld. *Gnade* existierte in seinem Vokabular nicht. *Vokabular* auch nicht.

George kam in Begleitung von Billy in die Bar hinein, dem jüngsten der Brüder. Das fröhliche, redselige Plappermaul schnatterte sofort los:

»Hallo Bruce. Hast du einen Regentag?«

Billy war 28 Jahre alt, 181cm groß und 74kg schwer. Wenn er auf seine Ernährung besser achten würde, wäre er der nächste Zerstörer. Oft kam er unterernährt vor. Gegner unterschätzten ihn aufgrund seiner schmächtigen Figur. Doch man sollte sich vor ihm hüten:

Volles Programm bei Taekwondo, Judo und Karate. Sehr talentiert.

Billy wollte sich als Taekwondo-Lehrer selbstständig machen, aufgrund seines unumstrittenen Talentes. Er brachte die traditionelle Frisur der Brüder mit dem braunen Kurzhaarschnitt zurück, nachdem Bruce mit seinen schwarzen Haaren der einzige Ausreißer war.

Erfahrung mit richtigen Fights, wo es um Leben oder Tod ging, konnte er noch keine vorweisen, war aber kurz davor, als Stone, der mit ihrem Vater einer der beiden Gründer war, wollte, dass Billy ebenfalls in Death-Matches antrat. Doch ihr Vater war dagegen, da ihn das schlechte Gewissen einholte. Er sah in Billy zwar die Entschlossenheit, jedoch fehlte ihm, was alle Brüder sagen würden, die Aggressivität, was für einen Kämpfer merkwürdig klang.

George und Ralph lachten.

Bruce, der immer zu Gemeinheiten aufgelegt war: »Könnte man von dir aber auch behaupten. Tränenflüssigkeit verloren? Hast den ganzen Tag wieder geheult oder? Du siehst echt dehydriert aus.«

Billy lächelte: »Kann sein, weil ich mir wieder bewusst geworden bin, dass du mein Bruder bist.«

George: »Lara, machst du uns bitte auch ein Bier? Wir halten das sonst nicht aus.« Lara nickte ihm freundlich zu.

Billy: »Wann kommt James?«

Da stand James von einen der hinteren Tische auf, ging zu ihnen, sodass er gesehen wurde und sprach: »Ich bin schon lange da. Wir können mit unserer Besprechung anfangen. Ein bisschen enttäuscht bin ich, weil ihr einfach nicht aufmerksam seid. Was habe ich euch immer gesagt?«

Anfangs sahen ihn alle verblüfft an. Dann wechselten die Gesichter von George und Bruce in *typisch*. Die neu Dazugekommenen setzten sich zum Barbesitzer und zum Schwitzenden dazu.

Bruce verdrehte zusätzlich die Augen. Billy und Ralph waren beeindruckt vom plötzlichen Auftritt James', die sofort nachfragten, wie lange er schon da wäre.

»Bin schon zwei Bier lang da.«

Angewidert blickte Bruce zu Lara, die das Gespräch hörte: »Wieso sagst du nichts?«

Lara warf ihm einen tödlichen Blick zu.

James verteidigte: »Ich habe ihr gesagt, dass sie nichts sagen soll.«

Bruce verdrehte abermals die Augen und murmelte: »In meiner eigenen Bar.«

Der fröhliche Billy fragte seinen nächstälteren Bruder: »Sag mal, ist das zwischen dir und Lara besser geworden. Sie schaut dich ja wenigstens wieder an.«

Die Runde musste grinsen. Bruce nicht.

Ralph: »Soll ich gehen? Ich meine, wollt ihr allein reden über dieses Thema von heute?«

Bruce schüttelte den Kopf: »Nein, ist egal. Kannst ruhig sitzen bleiben. Wir haben keine Geheimnisse.«

James mysteriös: »Wir haben Geheimnisse.«

George mit gestellt müdem Blick: »Bleib ruhig sitzen.«

Lara servierte das Bier an den Tisch.

Billy stachelte weiter: »Und wie läuft es mit dem Chef?«

George und Ralph lachten.

Lara lächelte ihn an: »Es geht so, wenn er sich im Griff hat und nicht gerade einen Wutausbruch hat.« Sie klopfte ihm auf die Schulter.

Nachdem sich Lara entfernt hatte, wollten sie beginnen über den Vorfall zu sprechen, als Billy nochmal nachlegte: »Wow. Sie hat dich sogar berührt.«

»Reden wir jetzt über den Jahresmarkt oder über meine Beziehungsunfähigkeit?«

George zu James ernst: »Hast du deine Familie in Sicherheit gebracht?«

»Die findet so schnell niemand mehr. Ein Glück, dass gerade Schulferien sind.«

Ralph gleich höchstinteressiert, da er mitten in einer wahnsinnig aufregenden Geschichte war: »Moment. Du glaubst, dass es dich hätte treffen sollen?«

»Ich nehme es stark an. Ein paar Schüsse sind in unserer unmittelbaren Nähe eingeschlagen. Dann hat er ein paar Schüsse wohl in die Luft gefeuert, um es wie einen Amoklauf aussehen zu lassen und um alle Beteiligten auf eine falsche Spur zu bringen.«

Bruce schlürfte vom Bier. Der Gerstensaft lief ihm beim Kinn runter, weil er ungeschickt angesetzt hatte und fragte etwas ungläubig:

»Man heuert einen schlechten Schützen an, um *dich* umzubringen?«

James rätselte: »Könnte eine Warnung gewesen sein. Vielleicht keine Tötungsabsicht.«

Billy mulmig: »Wieso lassen wir nicht einfach die Polizei ermitteln?«

Gelächter brach am Tisch aus.

Bruce lächelte zu Billy: »Da sind wir längst tot, bis die etwas herausfinden. Vergiss es. Ich glaube, du weißt selbst nicht oder hast es vergessen, wer wir mal waren oder was wir können.«

Billy klärte auf: »Kämpfen habe ich euch ja nie im Club gesehen. Da fängt es mal an. Von James bin ich überzeugt. George ist irgendwie sehr langsam und sehr schwer und sehr unbeweglich, da bin ich mir nicht sicher und du bist einfach nur unkontrolliert aggressiv. Du bist so ein gemeiner Kneipenschläger.

Bruce lächelte nicht mehr. Ralph lachte. James schmunzelte bescheiden, da er am besten in der Bewertung abgeschnitten hatte. George protestierte: »Halt, halt, halt! Wenn ich wollte, könnte ich locker wieder in Form kommen. Aber wozu? Für einen Angriff auf James, der vielleicht keiner war?«

James wieder ernst: »Wir müssen echt auf der Hut sein.«

George unbeachtet der Worte seines Bruders: »He Lara, hast du was Essbares bei dir? Ich hab Hunger.«

Billy ebenfalls nicht ganz bei der Sache von James: »Du solltest etwas mehr auf dein Gewicht bzw. deine Ernährung achten. Erdnüsse am Abend sind nicht die freundlichsten Schlankmacher.«

George hob beide Arme und spannte an. Untrainierte Leute würden sich bei der Sichtung dieser Berge vor lauter Ehrfurcht und Scham sofort verkrümeln. »Diese Kinderköpfe haben immer Hunger, du Durchsichtiger.«

Bruce aufmüpfig: »Ein paar Bier am Abend sind besser Billy, so wie ich das tu, oder?«

Billy lächelte ihn an. Lara stellte eine riesige Schale mit Erdnüssen auf den Tisch, worauf alle, bis auf James gierig hineingriffen.

Bruce schrie nervös Lara nach: »Hast du die offenen genommen?«

Lara ohne umzudrehen: »Ja, hab ich.«

Bruce ausatmend in die Runde: »Die hat sicher eine neue Packung aufgemacht. Die meint das Gegenteil.«

James: »Leute, ich sagte, wir sollten auf der Hut sein.«

Bruce: »Jaja, sind wir eh. Haben wir jetzt Hausarrest Papa?«

James: »Nein. Aber ich meine wir sollten unsere Umgebung, Personen oder Gegenstände abchecken und abwägen, ob hier etwas faul ist oder nicht hingehört.«

George Nüsse kauend: »Der Regenschirm dort gehört in den Regenschirmständer, nicht auf die Wandgarderobe.«

James verdrehte die Augen, die anderen lachten.

»Wir sollten keine so halsbrecherischen Aktionen liefern und eher …«

Bruce: »Bügeln?«

Wieder lachten alle bis auf James.

George: »Was ist mit deiner Einlage heute am Jahresmarkt mit dem Motorrad? Das hat ziemlich halsbrecherisch ausgesehen, solang ich dich gesehen habe und ich vermute, dass es danach genauso weitergegangen ist.«

Ralph griff am freudigsten in die Nussschüssel, die schon beinahe den Boden entblößte: »Wieso hast du den Typen eigentlich nicht erwischt?«

Bruce: »Das würde mich auch interessieren. Gibt es jemanden, der es mit Mister Wonderful James, dem Superman und letzten Ninja der Welt tatsächlich aufnehmen kann? Das gibt es ja nicht! Oder doch?«

James fast schelmisch, wegen Bruce' lustigen und trefflichen Bemerkungen: »Der Sprit ist mir ausgegangen.«

»Hättest du auf Reserve gedreht.«

»Ja, Reserve. Kennst du das nicht?«

»Es war schon auf Reserve.«

George lachte: »Sorry, ich war gestern zu faul zu tanken und dachte mir, dass das für den Heimweg noch locker reicht.«

»Das meine ich mit vorbereitet sein.«

Billy zu George: »Bist du eh für morgen bereit? Soll ich dich anrufen, dass du nicht verpennst?«

»Nein. Ich verschlafe nicht.«

Ralph interessiert und neugierig: »Was macht ihr morgen?«

Billy: »Motocross fahren auf der Rennstrecke.«

Ralph: »Du fährst dort mit deiner LC4 oder hast du da eine andere?«

Billy lachte: »Nein. Der fährt da wirklich mit seiner fetten Kuh.«

Jetzt lächelte sogar James ein wenig.

Ralph: »Bin gespannt, wann du die mal wegwirfst.«

Bruce: »Ja. Die hat dich ja auch an die zehn Mal schon abgeworfen. Mindestens.«

George protestierte lächelnd: »He, das eine Mal vor dem Big-Jump zählt nicht. Da ist mir einer von Billys Freunden reingefahren.«

Billy nahm einen Schluck und erklärte: »Ja. Kai ist das gewesen, er hat da nicht ordentlich aufgepasst beim Überrunden von dir.«

Der Tisch lachte, bis auf James, dem die Unterhaltung nicht mehr gefiel.

Ralph verlor ebenfalls Interesse am Thema: »Spielt einer von euch Dart mit?«

George und Billy bejahten sofort.

Ralph zu James: »Du nicht?«

Bruce etwas abfällig: »Der sicher nicht. Der wirft lieber mit Ninjasternen herum.« Ralph lachte.

James bedankte sich für die Einladung vom Bier, verabschiedete sich von seinen Brüdern, Ralph und Lara und verließ anschließend die Bar, während der Rest des Tisches zum Dart spielen anfing.

George: »Meint ihr wir machen uns hier zu wenig Sorgen?«

Billy: »Haben die jetzt direkt auf *seine* Familie geschossen?«

Bruce leicht aggressiv, weil er seine Zahl auf der Scheibe nicht traf: »Blödsinn. Der redet sich das nur ein, dass er einen Kampf heraufbeschwört. Da hat jemand am Schießstand eine Fake-Knarre benutzt oder so. Und irgendwie sind dann alle in Scheißpanik ausgebrochen. Und der Typ am Motorrad hatte es mit seiner Fake-Knarre einfach eilig. Fertig.«

Es runzelten alle die Stirn bei der Darlegung des Sachverhaltes durch Mister Ordnungsamt und Oberdetektiv Bruce.

George: »Er hat kein Wort über den Club erwähnt. Glaubst du war das Absicht? Wollte er etwas darüber sagen?«

Bruce sah nachdenklich zur Tür.

»Du bist dran.«

Kapitel 4 – Motocross

George fuhr in eine Rechtskurve, sprang sogleich über zwei Erdhügel hinüber, verschätzte sich ein bisschen mit der Landung und konnte sich gerade noch mit seinem Fuß retten. Diese Gelegenheit nutzte John, der schon wie ein Geier hinter ihm lauerte. Er nahm eine Hand vom Lenker, raste auf gleiche Höhe und deutete ihm zwei Finger, was eine zweite Überrundung bedeutete, ehe er elegant über den nächsten höheren Hügel sprang. George wurde etwas unrund unter seinem Helm. Niemand kam leicht an ihm vorbei, wegen seiner Masse und vielleicht auch wegen seiner nicht für die MX-Strecke gebaute schwere LC4. Die anderen fuhren 60kg leichtere Cross-Maschinen, doch das war ihm egal.
George versuchte aufzuholen und drehte den Gasgriff voll um. Es ging einen langen Erdhaufen bergauf. Hier musste man nicht viel berechnen, einfach nur Gas geben, mutig sein und so weit wie möglich springen. Am Ende des Haufens kam noch eine kleine Auslaufzone, ehe die scharfe Haarnadelkurve kam, die George für sein Erachten perfekt genommen hatte. Doch noch perfekter schob sich Billy an ihm vorbei – außen. Das tat dem Ego weh. Noch dazu spritzte er ihm einen Haufen Kies und Erde Richtung Kopf, Hals und Brust.
Jetzt war George richtig wütend, dass Billy das so schamlos leicht gespielt aussehen ließ, drehte den Gasgriff noch brutaler zum Anschlag für eine schier aussichtlose Gegenattacke

um, verpasste aber die Spurrinne und kam ins Schleudern. Aus dem Schleudern entwickelte sich ein leichter Sturz.

Der Körperpanzer inklusive Ellbogenschoner, Knieschoner und sonstiger Sicherheitsausrüstung verhinderte Abschürfungen und andere böse Verletzungen. Zurück blieben blaue Flecken – bei George aber nichts. Da musste schon mehr passieren. Die Geschwindigkeit war erstens nicht sehr hoch und zweitens war sein Körper mehr gewohnt von ihrer aller Vergangenheit, etwas wegzustecken.

Kai, Billys zweiter Freund, blieb neben ihm mit laufender Cross stehen und streckte ihm die Hand entgegen. Trotz des Lärms verstand George durch die Helme die Verarsche von ihm: »Eigentlich sollte ich einen Kran rufen, weil du nicht grad easy bist, aber ich versuch es mal!«

George musste unter seinem Helm lachen und nahm seine Hand dankend an.

Kai deutete noch mit dem Daumen, auf eine Reaktion wartend von George. Dieser erwiderte mit dem Daumen retour, dass alles in Ordnung sei. Durch die anderen Teilnehmer auf der Strecke war es hier sehr laut und so brüllte George zur Signalisierung bester Gesundheit zusätzlich dazu: »Kannst ruhig weiterfahren!«

John und Kai waren im selben Alter von Billy und hatten selbstverständlich den doppelten schwarzen Gürtel in Taekwondo, Judo und Karate, also nur fast so viel drauf wie Billy. Dieser war ein Stück weiter mit seinen Kampftricks. Von der Größe her waren die drei Freunde ziemlich gleichauf.

Nach zehn Minuten trafen sie sich außerhalb der Strecke bei ihrem Lager, um kurz zu verschnaufen und etwas Wasser in die trockenen Kehlen zu schütten.

John: »Na, wie lange stehst du denn schon draußen?«

George keuchend: »Bin gerade erst rausgefahren.«

Billy frech: »Kann man leicht sagen, wenn es keiner sieht.«

George tat so, als wollte er bei Billy vorbeigehen, um etwas Wasser vom Auto zu holen, packte ihn aber mit seiner tellergroßen Hand im Gesicht, stellte einen Fuß hinter die seinen und drückte ihn sanft zu Boden. Billy konnte es sich nur noch gefallen lassen, da er mit so etwas nicht gerechnet hatte. »Na? Bist müde?«

John und Kai lachten. Selbst Billy musste lachen, lag noch eine Minute im Gras neben den Cross-Maschinen, ihren Autos und den anderen Fahrern, ehe er wieder aufstand.

Kai: »Wie oft hat es dich hingelegt George?«

Ein anderer Cross-Fahrer ging gerade in einem giftgrünen Kawasaki-Kostüm vorbei und antwortete, als er die Frage nebenbei hörte:

»Einmal vor mir. Ich hab extra ausweichen müssen.«

John: »Hättest du das nicht gemacht, hättest *du* den Wildschaden.«

Anschließend folgte Gelächter von allen.

Man kannte die Vier hier allzu gut. Alle wussten, dass sie im Nahkampf Koryphäen waren.

George war sowieso das Phänomen schlechthin. Ein übergroßer, schwerer Fahrer auf der schwersten, ältesten Maschine und obendrein war er auch noch der älteste Fahrer im Feld. Trotzdem war jeder ein Fan von ihm und hatte einen Haufen Respekt vor ihm. (Nur nicht auf der Rennstrecke, da reagierten sie mit Kompromisslosigkeit zuerst.) Jeder wollte sein Freund sein, trotz der dummen Anmachsprüche.

Billy betrachtete George's Motorrad. »Mann, wann wirfst du die endlich über den Haufen und kaufst dir was Ordentliches?«

John: »Ja, das Ding mag dich nicht und wirft dich dauernd ab. Sieh es ein.«

George antwortete: »Bis zum bitteren Ende wird sie bei mir bleiben. Gemeinsam gehen wir unter.«

Er klopfte seiner LC4 fürsorglich auf den Sitz, als wäre sie seine Bitch.

Nach einigen Minuten …

Kai: »Legen wir wieder easy los für ein paar Runden?«

Billy deutete mit dem Finger auf eine Kurve und fragte Richtung John:

»Fährst du in dieser Kurve außen oder innen?«

Bevor jemand antworten konnte, fiel plötzlich ein Schuss, der deutlich durch den Motorenlärm zu hören war und ein Cross-Fahrer stürzte genau in besagter Kurve in diesem Moment zu Boden. Alle Fahrer drehten sich im Kreis und versuchten die Richtung auszumachen, von wo der Schuss gekommen sein könnte. Zusätzlich duckten sie sich und gingen hinter Motorrädern und Autos in Deckung. Niemand konnte den Schützen entdecken. Es wurde gerätselt.

Billy erschrocken: »Fuck, war das ein Schuss?«

George grimmig: »Ich fürchte ja.«

John: »War das Zufall, dass der Fahrer dort stürzt oder ist der jetzt echt abgeknallt worden?«

George deutete auf einen hundert Meter entfernten Felsen. »Ich glaube von dort ist der gekommen. Seht ihr die Staubwolke?«

»Und was willst du jetzt machen? Entgegen fahren und schnappen?«, fragte der jüngste Bruder.

Da kam Bruce mit seinem Nissan GT-R vorbei und wollte den Vieren einen Besuch abstatten. Er sah, dass alle in Deckung waren, in die Ferne blickten und etwas suchten. Er parkte genau bei ihnen, stieg aus und witzelte: »Was ist mit euch? Sucht ihr was? Habt ihr nicht gesagt *durchgehend fahren wir hier!?*«

Billy und John gleichzeitig: »Geh in Deckung! Sofort!«

Er tat sofort wie ihm geheißen, als er die todernsten Gesichter sah und hockte sich, von seinen widerwilligen Gefühlen hin und her gerissen, zu ihnen. (Ohne den ernsten Gesichtsausdrücken hätte Bruce niemals Folge geleistet.)

George nochmal für seinen Kneipen-Bruder: »Ich glaube, dass der Schuss von dort gekommen ist.«

»Ein Schuss? Seid ihr euch sicher?«

»Auf der Strecke ist ein Fahrer liegen geblieben. Denn dürfte der Schütze getroffen haben.«

»Komisch. Zuerst am Jahresmarkt und jetzt hier?«

Kai: »Wieso am Jahresmarkt? Hat da auch wer geschossen?«

Billy: »Ist eh in der Zeitung gestanden.«

»Echt? Wow.«

George: »Fahren wir dort rüber mit deinem Auto, Bruce?«

Bruce (übermotiviert und gleich auf Adrenalin aus): »Klar. Steig ein!«

Billy entsetzt: »Hallo? Ihr seid in keinem Actionfilm!«

Ehe sie in den Nissan einstiegen und davonbrausten, versprühte Bruce noch Testosteron: »Das ist nichts für Weicheier wie euch! Bleibt hier und versteckt euch weiter! Wir machen das schon!«

George, der große Aufpasser, der die Schafe verließ: »In Deckung bleiben bis wir wieder kommen!«

Die Reifen des Nissan gingen am Kiesweg durch und die beiden waren am Weg zum erklärten Schützenstand.

John: »Bruce ist so ein Arschloch.«

Kai: »Ich finde seine Arroganz passt zu ihm.«

Billy: »Irgendwann hau ich ihm eine rein.«

George und Bruce suchten auf der vermuteten Stelle, an der der Schütze womöglich den Schuss abgegeben hatte nach Spuren.

»Glaubst du hier war er?«

»Ja, kann sein. Da war die Staubwolke. Außerdem wenn du zur MX-Strecke schaust, hast du den totalen Überblick. Eine Kurve ist nicht einsehbar, aber das wird ihm auch egal gewesen sein.«

»Wenn er euch jetzt aber wirklich treffen hätte wollen, dann hätte er das geschafft.«

George mit aufgerissenen Augen: »Haifischfutter wären wir gewesen. Glaubst du irgendwer will uns einschüchtern oder warnen?«

»Funktioniert es bei dir?«

»Jetzt sei nicht kindisch. Das ist ernst. Da liegt ein Toter am Feld du Idiot.«

»Ja, jetzt scheiß dich nicht gleich an. He, eine Patronenhülse.«

»Scheiße, gib mal her.«

»Bist du jetzt führender Experte für Schusswaffen?«

»Du Trottel, gib einfach her und such Reifenspuren oder irgendwas. Ich nehme sie mit und zeig sie Ralph.«

»Ich glaube ich sehe ihn schneller als du.«

»Verlier sie nicht. Da! Da sind Reifenspuren. Einspurig. Würd mich jetzt nicht wundern, wenn das wieder der war, den James verfolgt hat.«

Nach einer Schweigeminute und weiterem Umsehen …

»Ich glaube, da will uns echt wer am Leim rücken«, sprach der Größere der beiden.

»Äh, es heißt am Pelz rücken und am Leim gehen.«

»Mann Bruce, du gehst mir am Sack. Ich glaube ich rede lieber mal mit James. Hast du vergessen deine Tabletten zu nehmen, was?«

»Ich habe heute schon zwei Stunden trainiert und habe noch immer so einen Drang irgendwas zu zerschlagen. Lara tut einfach nicht das was ich will. Die hat einen komplett eigenen Kopf.«

George stemmte die Hände in die Hüfte und streckt die Brust raus.

»Du egoistischer Vollpfosten. Es gibt hier einen Toten und das vielleicht wegen uns. Und du redest über deine Nichtigkeiten?«

Bruce verärgert: »Wir wissen nur, dass es einen Toten gibt. Sonst nichts. Jetzt werde nicht hysterisch. Vielleicht ist er auch gar nicht tot und ist einfach zufällig dort gestürzt und der Schuss ging in die Luft oder es war ein Streifschuss.«

»Aber gestern war James in eine ähnliche Sache verwickelt und heute wir. Und zufällig liegt der Gestürzte noch. Hm.

Vielleicht hat er nur beide Beine gebrochen, ohne dass er schreit!?!«, antwortete George schnippisch.

Bruce schlug die Hände zusammen: »Na gut. Fahren wir zurück zu den anderen. Untersuchst du die Leiche, dass du den Fall lösen kannst?«

George lachte. »Vielleicht wird morgen mal auf dich geschossen. Da wirst du dann vielleicht zur Vernunft kommen.«

»Sollen ruhig kommen, wer auch immer mag. Ich bin bereit.«

Dann hustete er gestrig konsumierten Nikotin und Alkohol aus dem Schlund.

Kapitel 5 – Schlägerei

George tippte ein paar Buchstaben auf der Tastatur in den Computer ein, als Kevin hereinkam. »Du bekommst Besuch George. Diese Zeit wird dir aber von der Pause abgezogen.«
»Ja und wer ist es? Vielleicht nehme ich mir keine Zeit für meinen Besuch.«
Kevin hämisch: »Du wirst dir bestimmt Zeit nehmen. Es ist dein Bruder.« Er verließ das Büro und James betrat es. Er warf dem Büromenschen einen neutralen, schnellen, nickenden Blick zu und schloss hinter ihm die Tür ab. Kevin schüttelte draußen vor dem Büro den Kopf und suchte die Aufmerksamkeit des Chefs, um zu beweisen, dass George nichts arbeitete.
James trug zwei dampfende Kaffeebecher bei sich, stellte diese am Schreibtisch ab, wirkte hektisch und stürzte ohne George anzusehen oder zu grüßen zum riesigen Fenster hin, um hinunterzusehen.
»James! Womit kann ich dienen? Einer für mich? Danke. Was treibt dich …«
»Keine Zeit. Es sind ein paar Kämpfer zu uns hier rauf unterwegs.«
»Was? Wegen dem kommst du zu mir?«
»Nein. Ich wollte fragen, ob du auf meine Kinder aufpasst, wenn Madeleine und ich in den Urlaub fahren. Erzähl ich dir dann. Wir haben keine Zeit. Wir müssen uns schnell vorbereiten.«

»Jetzt mach dich nicht an. Die machen wir wie früher im Tag-Team-Match fertig.«

James sah ihn eindringlich an und beschwichtigte: »Das sind nicht irgendwelche Kämpfer. Das sind die Kung-Fu-Chefs persönlich und ein paar einfache Handlanger.«

George: »Wo bist du ...«

James: »Hintereingang. Schnell jetzt ...«

Fast rissen sie die Tür beim Öffnen des Büros aus den Angeln, doch es war bereits zu spät. Über etliche Trennwände erspähten sie bereits die Schlägertruppe. Sie wurden ebenfalls erkannt und ein paar Schläger in normalen Straßenklamotten gekleidet, mit Brechstangen, Baseballschläger und Ketten bewaffnet, stürmten durch die Gänge und stießen Trennwände, Computerbildschirme und Menschen um.

Chaos!

Die Büromenschen hechteten kreuz und quer. So schnell hatten sie sich noch nie in ihrem Leben bewegt. Nicht nur die weiblichen davon schrien und kreischten. Auch die männlichen. Der Vorgesetzte Kevin stand gerade im Chefbüro und erzählte, dass George schon wieder Besuch bekommen hatte. Dann bemerkten sie den Überfall.

Chef: »Was ist denn da los?«

Kevin: »Sag ich ja, dass George nur Ärger macht.«

Beide stürmten ebenfalls wie die anderen Mitarbeiter der Firma zum Treppenhaus. Kevin rempelte dabei egoistisch denkend den Chef unsanft an, dass dieser fast das Gleichgewicht verlor.

George und James hatten sich auf zwei Seiten des riesigen Büroraumes aufgeteilt und erwarteten ihre Gegner, die motiviert auf sie zugelaufen kamen.

»Scheiße, ich kann's gar nicht glauben! Ein echter Kampf!«, freute sich George beinahe zu Tränen. James verengte die Augen. Sein Körper war ruhig, in seinem Kopf fand allerdings eine Todesparty statt.

Die ersten beiden Kontrahenten kamen bei George an, die sogleich ausgehebelt wurden und in hohen Bogen fliegen lernten. Den nächsten stemmte er ebenfalls mühelos über sich weg. Dem vierten und fünften Gegner lief er entgegen, packte sie in den Gesichtern und warf sie gegen Trennwände und Schreibtische.

James wich dem ersten Schlag aus, der auf ihn zukam und verpasste dem Schläger einen schmerzhaften Hieb auf den Hinterkopf. Ausgeknockt. Der nächste Straßenkämpfer schlug mit seinem Baseballschläger ins Leere, was ebenfalls einen One-Kick-KO direkt auf die Schläfe nach sich zog.

So ging die Szene eine Weile weiter. George mit unbändiger Kraft und James mit Technik.

Zur selben Zeit in Bruce' Bar …

Bruce drehte das hängende Schild an der Tür auf *Offen* und schaltete die Leuchtreklame *Kreislaufkollaps* ein. Gestern war eine harte Nacht. Der Alkoholpegel stand ihm noch ins Gesicht geschrieben.

Ralph schlief in der Sitzecke seinen Rausch aus. Als bester Freund der Brüder und bester Stammgast durfte er sich so einiges erlauben. Niemand anderen würde er diese nette Geste bewilligen.

Nach der Türschildaufgabe räumte Bruce anschließend ein paar Bierkrüge weg und wischte den Tresen, als die Tür aufging. Er verdrehte ohne hinzusehen die Augen, da er so früh nicht mit Besuch gerechnet hatte.

»Hallo Bruce. Lange her, was?«

Bruce erstarrte und schnellte mit dem Kopf in Richtung des Eingangs.

Sein Gesicht zuckte und seine Pupillen weiteten sich, als er Jeremy, den früheren Boxchampion des Kampfclubs, erblickte. Damals hatte er gegen ihn verloren.

Jeremy, der ein vernarbtes Feuergesicht jetzt hatte, stand leicht gegrätscht da, grinste kurz und sprach: »Na? Hat es dir die Sprache verschlagen. Der Name deiner Bar passt zu dir. So einen Kreislaufkollaps hattest du doch auch gegen mich gehabt, oder war es doch meine Faust?«

Bruce ganz ruhig: »Hab mich nur erschreckt, weil du so hässlich aussiehst. Du hast dir die falsche Bar ausgesucht Jeremy. Ich werde dich jetzt töten.«

Jemand anderes hätte gefragt, wie er das Feuer überlebt hatte oder ob sonst noch jemand vom Club lebendig sei, aber so war eben Bruce.

Jeremy mit lächerlichem Tonfall und Gesichtsausdruck: »Das glaube ich nicht, aber du hast dir immer schon Dinge eingebildet, die nicht passieren werden.«

Er drückte gegen die Tür und hielt sie offen, damit ein paar Schläger hineinkamen.

»Eine Aufwärmübung? Na von mir aus«, sprach Bruce als er die vier nichts aussagenden Schläger sah und ging in Stellung.

Der Kampf dauerte nicht lange. Bruce vollstreckte ein paar Geraden in die Gesichter und landete vorher ein paar Körpertreffer. Einstecken musste er nicht viel bis gar nichts. Einige Bierkrüge wurden Opfer. Ansonsten verlief der Kampf ziemlich einseitig und schnell.

Jeremy blickte zu den Boden gegangenen Kämpfern, dann zu Bruce.

Seine Statur glich die von Bruce, nur überall einen halben Zentimeter mehr Muskelmasse. Zudem waren seine Lungen rein und in Topform, obwohl er lange Zeit nach dem Kampfclubbrand, wo er durch Stones Hilfe entkommen war, ziemliche Gesundheits- und Konditionsprobleme hatte. Durch die lange Genesung, Trainings- und Kampfpause, hatte er nun ein besseres Lungenvolumen als Bruce.

»Sag mal, keuchst du schon? Bist wohl nur noch Alkohol gewöhnt, du Penner.«

Bruce geriet in Rage, wollte auf ihn losgehen, als Jeremy wieder die Tür aufhielt und weitere vier Kämpfer hineinkamen. Bruce hielt inne.

Die Kämpfer stellten sich in eine Linie vor Jeremy, posierten sich für Bruce in seltsamen Haltungen und verharrten so. Sie hatten alle ein weißes Shirt ohne Ärmel an, auf dem ein anderes Tier in Farbe abgedruckt war:

Ein Drache	–	Roooaaar!
Ein Affe	–	U-u-u-i-i-a-a!
Ein Leopard	–	Raaauuur!
Ein Tiger	–	Raaaooor!

Man konnte die Schreie, die Rufe, die Brüller der Tiere und die Laute förmlich hören.

Der schmale Mann sagte: »Ich bin der Drache, ich schwöre Rache.«

Der kleinere nervöse Mann sagte: »Ich bin der Affe und brauche keine Waffe.«

Ein muskulöser, breiter Mann sagte: »Ich bin der Leopard, schlimmer als ein Blizzard.«

Ein noch muskulöserer, breiterer Mann sagte: »Ich bin der Tiger, wir kämpfen in einer höheren Liga.«

Bruce spottete: »Ihr seid nur alle Dichter und könnt nur pöbeln, ich wird euch jetzt vermöbeln. Zu deiner Frage mit der Puste, mach dir keine Sorgen, auch wenn ich ein paar Mal huste.«

Jeremy grinste gemein. »Die Bar wirst du als letztes sehen, denn du wirst jetzt sterben gehen.«

Stühle, Schreibtische, Trennwände, Computer, Monitore, Tastauren, Zimmerpflanzen und sonstige Büroutensilien lagen wüst zerbrochen auf dem Boden. Auch die besiegten, ausgeknockten Kämpfer.

George keuchte wie ein Elch. James sah sich in Ruhe um, ob sie jemanden vergessen hatten. Da hörten sie schnelle Schritte im Stiegenhaus.

»Geht's noch George?«

»Klar. Bin nur etwas außer Atem. Die nächsten machen wir auch noch platt.«

Vier Kämpfer kamen aus der Tür, die ins Stiegenhaus führte. Wie auch die Kämpfer in der Bar hatte jeder ein weißes T-Shirt ohne Ärmel an (bis auf den Typen mit der Gottesanbeterin – der hatte ein Long-Shirt an), das ein anderes Tier farbig aufgedruckt hatte:

Ein Kranich	–	Hiiiaaa!
Eine Gottesanbeterin	–	Zirp!
Eine Schlange	–	Sss!
Ein Adler	–	Iiiaaa!

Man konnte die Schreie, die Rufe, die Brüller und die Laute der Tiere förmlich hören.

(Wieder!)

Ein relativ großer Mann sagte: »Ich bin der Kranich, ihr seht aus lächerlich.«

Ein noch größerer, schlaksiger Mann sagte: »Ich bin die Gottesanbeterin, für euch gibt es weder Retter, noch Retterin.«

Ein gelenkiger Mann sagte: »Ich bin die Schlange, ihr werdet nicht mehr leben lange.«

Ein stolzer Mann sagte: »Ich bin der Adler, kein Siedler.«

George: »Seid ihr Tierschützer?«

Die Schlange zischte: »Brauchst du ein Sauerstoffzelt?«

George: »Ich nehme an, du bist eine linke Ratte oder eine falsche Sau.«

Der Kranich kontrollierte das Shirt der Schlange, blickte dann zu George und sprach ruhig: »Nein. Eigentlich ist das eine Schlange, du unterbelichtetes Riesenbaby.«

George lächelte: »Du bekommst als erster eine auf dein Maul, du Vogelstrauß! Du weißt wohl nicht, mit wem du es zu tun hast!«

Die Gottesanbeterin mit stechendem Blick: »Du anscheinend auch nicht.«

James: »Warte George!«

»Worauf?«

James antwortete nicht. Die vier Kämpfer grinsten ihnen böse entgegen und nahmen ihre Kampfstilposition ein.

37

George spottete: »Was ist jetzt? Zirkuszeit?«

James ernst: »Fuck. Wie ich vermutet habe, sind das die Tierstile des Kung-Fu. Die besiegt man nicht so einfach, wie die Gegner vorher.«

George wollte seinem Bruder Mut entgegenpoltern: »Na dann brauchen wir eben ein bis zwei Minuten länger. Mann, du siehst blass aus James. Alles okay?«

Schlange: »Ich glaube dein Bruder hat begriffen mit wem ihr es zu tun habt.«

George flüsterte (es war trotzdem noch laut), obwohl das vorige bereits durch des Gegners Ohr gehört wurde: »He James, alles okay? Du machst mich nervös! Was ist?«

James stand das blanke Entsetzen ins Gesicht geschrieben.

Der Adler majestätisch: »Gegen wen wollt ihr zuerst kämpfen?«

George wütend, weil er nicht wusste, warum James so neben sich stand: »Alle auf einmal ihr durchsichtigen Linien!«

Die vier Kämpfer lachten. James schwitzte.

»Ich nehme an, die anderen vier Tierstile sind in der Bar bei unserem anderen Bruder?«

Der Kranich raunte: »Wir nehmen an, dass euer Bruder schon auf dem Weg ins Jenseits ist.«

»Na warte, ich habe dich gewarnt!«, spuckte George aus und stürmte zum Kämpfer mit dem Kranich-Shirt.

Hiiiaaa!

Er wollte ihm einen Faustschlag verpassen, doch dieser wich mit Leichtigkeit aus und trat ihm eine in den Rücken nach. Alle vier lachten, als George gegen ein paar Trennwände knallte. Dann blickten sie zu James. Dieser machte sich bereit und nahm seine Kampfstellung ein, nachdem er kurz die Augen geschlossen hatte.

Zirp!

Die Gottesanbeterin ging zuerst auf ihn los. James konnte sich verteidigen und landete nach ein paar furiosen Attacken der Gottesanbeterin einen wuchtigen Schlag auf den Wangenknochen. Der Gegner taumelte weg.

Sss!

Die Schlange tänzelte zu James hin. Auch bei diesem Gegner konnte er einen Tritt auf die Füße verzeichnen, der den Gegner aber nur noch rasanter in seiner Schlagabfolge machte – nur traf keiner der stichigen Schlangenhiebe.

Sie umkreisten sich.

Schlange: »Na? Ohne deine Sterne bringst du wohl keinen tödlichen Schlag zusammen, was?«

»Wer sagt, dass ich dich hier und jetzt töten will?«

Adler: »Man spielt nicht mit seinem Futter, wie dumme Katzen. Man stößt ihm die Krallen rein und erledigt es sofort.«

James: »Die Katze weiß vielleicht, dass sie überlegen ist und kann sich deshalb noch spielen.«

Schlange zu Adler: »Redest du über den Katzen-Stil?«

Adler zurück: »Ne. Das sind Sprüche, die verwirren sollen.«

James: »Schlangen und Adler klopfen aber keine Sprüche. Sie töten sofort, wie du schon sagtest.«

Es schien, als wäre die Schlange im Schatten des Adlers.

Die Schlange attackierte erneut und wieder ins Leere, was James einen Gratis-Schlag freigab, den er sofort effizient nutzte und einen Vitalpunkt am Hals erwischte. Die Schlange brach weg.

Jetzt kam der Kranich und von hinten die Gottesanbeterin auf ihn zu. Beide warteten mit dem Attackieren, da sie mit einem so verheerenden Treffer, den ihr gelähmter Freund, die Schlange, die am Boden lag, nicht rechneten.

George war wieder auf den Beinen, packte den Kranich, der ihn von hinten nicht bemerkte und schleuderte ihn ein paar Meter durch den Raum. Ein lauter Aufprall ließ vermuten, dass der Kranich etwas unsanft zwischen Büromöbeln gelandet war.

Iiiaaa!

Jetzt griff der Adler ein und wollte direkt auf George losgehen. James hatte die Gottesanbeterin bemerkt, die ihn von hinten attackieren wollte und konnte gerade noch rechtzeitig einem furiosen Treffer ausweichen. Einen kurzen Schlagabtausch konnte James für sich verbuchen, der die Gottesanbeterin alt aussehen ließ. Ein Knietreffer in die Magengrube ließ den Gegner kurz eingehen. Rasant erhob sie sich, als James ihr einen Ellbogen auf den Hinterkopf verpassen wollte und hatte aus beiden weiten Ärmeln des Long-Shirts scharfe Stangenmesser rutschen lassen, mit dem sie ihn aufschlitzen wollte. Doch James hatte die seltsame unnatürlich Wölbung am Arm gesehen und vermutete bereits vor dem Kampf ein unfaires Gadget, quasi ein Ass im Ärmel, weil eben auch nur die Gottesanbeterin auffällig ein Long-Shirt trug. Dreimal musste er Messerhieben ausweichen, als die Gottesanbeterin bei einer Marmorsäule das Ziel verlor und versehentlich hineinhackte. Blitzschnell kam James um die Ecke mit einem Spinning Hell Kick an den Kopf gesaust. Er saß nicht wirklich hundertprozentig, doch er verfehlte nicht die Wirkung und die Gottesanbeterin flog zur Seite.

Als James zu George und dem Adler hinblickte, war George bereits auf den Knien.

Der Adler funkelte bösartig: »Soll ich es hier und jetzt beenden?«

Er machte sich bereit für einen Fußkick an den Kopf des Großen. George schüttelte es am ganzen Leib. James wusste um die Gefährlichkeit des Adlers und so versuchte er ihn von seinem Bruder wegzulocken.

»Traust dich wohl nicht gegen einen anzutreten, der in deiner Liga spielt.«

Der Adler lächelte ihn dreckig an, nahm George beim Kopf und tauchte ihn auf den Boden.

Da ertönten die Sirenen der Polizei, die draußen vor dem Gebäude immer lauter wurden.

James ballte die Fäuste: »Na? Was tust du jetzt?«

Beide standen angespannt da. Der Adler blickte zu seinen Kollegen. Er zögerte, entschied sich dann aber doch für die Flucht und musste ihnen aufhelfen. Die Schlange mussten sie sogar raustragen, die sich immer noch nicht rühren konnte. Sie verließen eilends den Raum.

James rannte sofort zu George, kniete sich hin und betastete seinen Hals. Dieser atmete flach und hastig. »Ruhig atmen George. Wo hat er dir hingeschlagen?«

George schüttelte es noch immer. Er wollte etwas sagen, konnte aber nicht.

Da schreckte James hoch. Er hörte wieder Schritte im Stiegenhaus. Sein Blick verfinsterte sich. Er stand auf und nahm seine Kampfstellung ein.

»Komm heraus, wenn du dich traust!«

George beruhigte sich schön langsam und konnte am Boden seinen Kopf in Richtung Tür des Stiegenhauses drehen.

Da betrat einer der Gründervater und damals bester Freund ihres verstorbenen Vaters den Raum – Stone!

George erschauderte und machte große Augen, obwohl es ihn noch immer krampfte.

Ein alter muskulöser breiter Mann, völlig in schwarz bekleidet stand vor ihnen, dessen Gesicht *Feuer* sprach. Seine weißen Haare sprachen Legenden.

Stones Stimme war tief und klang beinahe angeschlagen, was man auf keinen Fall falsch deuten durfte, dass er womöglich schwach sei. Niemals durfte man seine Intelligenz und Kraft unterschätzen.

»Ich sehe, du hast mit mir gerechnet.«

James mit tödlichem Gesichtsausdruck: »Hast du auf uns schießen lassen?«

»Das ist deine wichtigste Frage? Ob ich das war?«

»Du hast auf meine Familie schießen lassen. Ja. Das ist meine wichtigste Frage.«

»Die Schüsse waren nur Einschüchterung. Keine tödliche Absicht dahinter. Haha.«

George schwach: »D-das ka-annst du d-der Familie des getöteten Moto…«

»Jaja. Du hattest auch schon mal mehr drauf. Aber seien wir uns ehrlich. Nicht einmal damals in deinen besten Zeiten, hättest du es gegen einen von den Tierstil-Kung-Fu-Fighter aufnehmen können. Nur viele große Muskeln, sonst nichts dahinter.«

Die Sirenen waren jetzt am lautesten und die Polizei schien kurz vor Ankunft bzw. vor dem Eindringen in das Gebäude zu sein.

»Was willst du Stone?«, fragte ein energischer James.

Stone lächelte in sich hinein, schloss die Augen und senkte den Kopf. Dann hob er diesen und blickte in James´ Augen. Todernster Ton: »Euer Vater war schwach. Er hat alles ruiniert, was wir uns zusammen jahrelang aufgebaut haben. Wir hätten alles haben können. Die Kampfszene ist uns zu Füßen gelegen. Wir haben sie alle kontrolliert. MMA, Boxen, Wrestling und so weiter. Doch es ist einfach anders gekommen. Er wollte seinen jüngsten Sohn nicht opfern. Wobei das Wort *opfern* er benutzte. Ich hätte eurem Billy das Töten zugetraut.«

James in lautem Tonfall, deutete auf den Endboss hin: »Ich kenn die Geschichte. Langweil uns nicht mit der Vergangenheit.«

»Doch genau um die geht es. Und auch um die Zukunft, die du uns gerade vermasseln willst. Also werden wir das alles in der Gegenwart ausfechten.«

James mit einem leichten Hang zur Wut: »Komm zum Punkt!«

»Die gute Nachricht ist, dass es keine …«

James nun aufgebracht: »WAS WILLST DU?«

Stone jetzt ebenfalls wütend: »Ich fordere euch heraus! Ihr werdet euer Leben vergessen können! Ich werde immer kommen und da sein! Ich will Vergeltung! Ich will Rache! Bis ihr aufhört zu atmen!«

Mit diesen Worten verschwand er rückwärts in das Stiegenhaus. George und James blickten ihm nach. George konnte sich am Boden aufsetzen.

»Sag mal, was meint er mit *du vermasselst ihm die Zukunft?*«

James achselzuckend: »Keine Ahnung. Wir stehen ihm hier einfach im Weg.«

»Und was meint er mit *ich sehe du hast mit mir gerechnet?* Hast du mit ihm gerechnet?«

»Blödsinn. Keine Ahnung, wie er auf so einen Schwachsinn kommt. Ich hab ihn das erste Mal wie du gesehen. Ich bin jetzt zwar nicht so geschockt, dass er überlebt hat, weil ich mir schon irgendwie gedacht hatte, dass nur er dahinter stecken könnte, oder eben ein anderer aus dem Kampfclub.«

James half George auf, als auch schon die Polizei eintraf und die beiden anschnauzten sich flach auf den Boden zu legen. Sie leisteten Folge.

»Gerade komme ich hoch. Glaubst du Bruce braucht Hilfe?«

»Die habe ich ihm geschickt, als ich die Kämpfer bei dir gesehen habe und das Stiegenhaus raufgerannt bin.«

»Warum hast du nicht den Lift genommen?«

Roooaaar!

Der Drache machte den Anfang. Freudig ging Bruce auf seinen Gegner los, um ihn voller Tatendrang in die Schranken zu verweisen. Doch er schaffte es nicht einen einzigen Schlag zu landen. Der Drache wich geschickt aus und verpasste ihm jedes Mal eine mit der flachen Hand, sodass Bruce immer wütender wurde.

Jeremy klatschte, was so viel wie einen Wechsel bedeutete. Der Drache kehrte in die Linie zurück und der Affe stellte sich für Bruce zur Verfügung.

U-u-u-i-i-a-a!

Die kurze Pause nutzte Bruce zum Durchatmen. Sein Schädel pochte von den Überresten des gestrigen Alkohols. Schweiß entstand auf seiner Stirn und der Kopfhaut unter seinen schwarzen Haaren.

Wild ging der Affe auf ihn los. Bruce schaffte es zwar ihn ein paar Mal zu berühren, doch es war noch weit von einem richtigen Knockout entfernt. Der Affe verpasste Bruce fiese Tritte im Beinbereich. Auch musste er dauernd ausweichen, da der Affe mit Saltos und Purzelbäumen ständig näher kam. Die Einrichtung in der Bar litt unter dem Kampf.

Ein bis zwei Minuten später, nachdem man deutlich sah, dass Bruce hier alle Hände voll zu tun hatte, kam der Leopard ins Spiel, als Jeremy dazu klatschte.

Raaauuur!

Der Affe ging zurück an seinen Platz. Jeremy grinste und freute sich über die Überlegenheit seines Teams.

Bruce konnte den Drehbewegungen des Leoparden ebenso wenig abgewinnen und sah kläglich arm im Zweikampf aus. Er benutzte jetzt sogar völlig frustriert einen Stuhl als Verteidigung, da er wieder keine Schläge ins Ziel brachte. Der Schweiß rann ihm jetzt hinunter. Er keuchte wild. Der Leopard hielt inne, grinste kurz und Bruce sah dessen Zähne, die spitz geschliffen waren. Etwas irritiert versuchte er den Kampf wieder aufzunehmen, doch Jeremy klatschte abermals. Der Tiger kam ins Spiel.

Raaaooor!

Bruce sah doppelt. Ein Schlag neben oder auf das Auge dürfte sogleich Wirkung gezeigt haben. Er schwankte.

Der Tiger bemerkte seine Kampfunfähigkeit und lächelte. Er drehte sich zu den anderen hin.

»Ich dachte der hätte mehr auf dem Kasten hast du gesagt und wir sollen vorsichtig sein.«

Jeremy hämisch und schadenfroh: »Ja. War er früher einmal. Er hat ziemlich abgebaut. Das sehe ich auch. Mach ihn einfach fertig.«

Da war Bruce schon herangetänzelt und hatte mit einer Kombination sogar zweimal daneben geschlagen. Einmal auf das falsche Bild im Kopf und einmal zu kurz. Der Tiger nahm den Kampf lächelnd wieder auf. Seine Finger, die die Krallen eines Tigers nachahmten und die Fingernägel, die spitz angeschliffen waren, trafen Bruce im Oberschenkel und am Bauch. Seine Kleidung riss auseinander. Blutige Kratzer entstanden am Oberschenkel. Eine Pranke traf ihn voll ins Gesicht, bei der er sich zu spät weg duckte. Bruce stolperte ein paar Schritte zurück, spuckte Blut, wischte sich seine nassen Haare zurück und deutete dem Tiger er möge näher kommen. Er hatte Glück, dass der Schlag ins Gesicht nur ein Schlag gewesen war und kein Runterkratzen, sonst hätte er jetzt eine Verschönerung im Gesicht.

Bruce raunte müde, aber noch immer kampflustig: »Was ist? War das schon alles?«

Der Tiger wollte gerade erneut loslegen, als Jeremy sich einmischte.

»Warte! Lass ihn mir.«

»Ist mir eigentlich eh lieber mit dir zu kämpfen, als mit deinen Tierschülern!«

»Haha. Wie du meinst. Du konntest dir noch nie Niederlagen eingestehen. Na komm. Zeig mir was du kannst.«

Beide machten sich bereit und ließen die Schultern einschüchternd kreisen.

Da trat Madeleine mit einer SPAS-12 aus dem Hinterzimmer und schoss einmal in die Decke, sodass der Putz hinunterfiel.

Bedrohlich schrie sie: »Weg von ihm oder ich puste dir deine gottverdammt hässliche Rübe weg!«

Jeremy hob seine Hände lasch in die Luft, machte langsame kurze Schritte zurück und starrte auf die Waffe. Die anderen Kämpfer gingen ebenfalls kaum merklich retour.

Ein gemeinsamer Geistesblitz, ließ sie auf die dumme Idee kommen, dass sie es doch versuchen wollten und gerade auf Madeleine losrennen wollten, als Ralph aus seinem Koma erwacht war und ihnen im Sitzen eine Desert Eagle präsentierte. Bemerkbar machte er sich durch Klopfen auf den Tisch. »Na los. Tut es. Mal sehen wie viele es schaffen!«

Die Kämpfer hielten inne. Nicht nur dass sie von zwei Waffen bedroht wurden, zusätzlich ertönten auch noch schnell näher kommende Polizeisirenen von draußen.

Sie entschlossen sich einstimmig für einen Rückzug, nachdem sich Jeremy kurz zu ihnen gedreht hatte und Richtung Tür nickte.

Er deutete dann noch auf Bruce mit dem Finger, ehe er aus der Tür verschwand: »Das hier ist erst vorbei, wenn du tot bist!«

Bruce zeigte ihm frech den Mittelfinger und sagte schief heraus:

»Erzähl mir mal was neues, Scarface.«

Nachdem die Tür zuging legte er sich auf den Boden und keuchte wie ein Büffel. Auch Ralph schloss erleichtert wieder die Augen und blies aus wie eine Dampflok, die im Bahnhof gerade startete.

Bruce erleichtert: »Mann, ich kann nicht mehr.«

Ralph: »Puh, na Gott sei Dank, sind die jetzt abgezogen. Ich hätte da sicher dich jetzt getroffen. Ich sehe voll doppelt. Scheiße. Warst du gestern auch hier Madeleine.«

Sie lächelte ein bisschen wegen der beiden Saufnasen: »Nein. James hat mir den Tipp gegeben. Ich habe dann gleich die Polizei gerufen und bin hierher gefahren.«

Bruce: »James? Hä?«

Madeleine klärte auf: »George ist heute auch angegriffen worden. Zeitgleich. James ist zufällig zu ihm gekommen. Der hat großes Glück gehabt.«

Bruce stand auf und blickte sich in seiner neu gestalteten Bar um. Dann sprach er zu Ralph: »Ein bisschen spät bist du aufgewacht. Hätte mir ein paar Schläge gespart, wenn du Mr. Colt etwas früher gezogen hättest.«

»Alter, nach dem Tequila-Chaos von gestern, kannst du von Glück sagen, dass ich überhaupt noch aufwache. Hab ich Schädelweh.«

»Fuck, ja. Ich auch.«

Madeleine bescheiden: »Darf ich mir ein Glas Wasser nehmen Bruce? Und äh sorry wegen der Decke. Aber ich hab mir gedacht, dass die von meiner Erscheinung bestimmt nicht eingeschüchtert sind. Deshalb hab ich geschossen.«

»Du kannst dir alles nehmen Madeleine. Und so viel du willst. Hast uns ja gerade gerettet. Und die Decke ist egal. Das kann man verspachteln.«

Ralph: »Dich hat sie gerettet. Mich hätten sie in Ruhe gelassen.«

Bruce: »Okay. Genauer gesagt hast du Ralph gerettet Madeleine. Ich hätte keine Hilfe benötigt. Hab alles unter Kontrolle gehabt. Ihr habt nicht mitbekommen, wie sich die abgewechselt haben, aber die haben einfach nicht mehr können, gegen mich.«

Madeleine lächelte: »Klar.«

Ralph lachte: »Genau. Und ich bin der Weihnachtsmann.«

Bruce setzte sich auf einen Barhocker und ließ seine Blicke weiterhin über den Scherbenhaufen und auf die zerstörte Einrichtung schweifen.

Trocken meinte er: »Glaubt ihr die Versicherung nimmt mir einen Sturmschaden ab?«

Kapitel 6 – Beratung

Mitten im Wald flog ein tödlich gewellter Eisenstern in einen Baum, auf dem eine Zielscheibe mit immer kleiner werdenden Kreisen montiert war. ZACK! Der Ninjastern blieb sieben Zentimeter neben der Mitte stecken.

»Atmen nicht vergessen. Augen offen lassen beim Wurf. Den Körper möglichst ruhig halten. Das Ziel läuft dir nicht davon«, sprach James zu seinem Sohn Bret.

Dieser antwortete und blickte ihn dabei an: »Aber vielleicht tut es das einmal.«

James lächelte. »Vielleicht.«

Er blickte neben den Wipfeln der Bäume vorbei und berechnete den Stand der Sonne. »Wir sollten schön langsam zurück. Das Essen wird gleich fertig sein. Wenn wir zu spät kommen, wird deine Mutter sonst böse.«

»Die kann böse werden? Das glaub ich nicht.«

»Zu dir nicht. Aber zu mir, wenn ich zu viel Zeit ins Training investiere.«

»Aber Training ist wichtig.«

James sah stolz von oben herab auf seinen Sohn und erfreute sich an seinem positiven Gespräch mit ihm. Sie zogen die Ninjasterne aus den Rinden der Bäume und aus sämtlichen Zielscheiben und machten sich auf den Rückweg.

Zur selben Zeit flogen ein paar kleine, aber scharfe Wurf-messer gegen eine Holzwand und blieben stecken.

»Höher. Und mit mehr Kraft werfen, damit sich die Klinge auch sicher in das Flei, äh, ins Holz bohrt«, belehrte Madel-eine ihre Tochter.

Jade hörte aufmerksam auf ihre Mutter, nickte und versuchte es noch einmal. Dieses Mal hatte der Wurf etwas mehr Kraft. Madeleine nickte zufrieden. »Wird schon. Mach noch ein paar Würfe. Ich muss kochen Schätzchen. Vielleicht übst du es auch aus einer Drehbewegung, wenn dein Ziel hinter dir steht. 180 Grad. Du weißt was ich meine.«

»Ja Mama. Mach ich.«

Madeleine fuhr ihr liebevoll durch das Haar.

Die gesamte Familie saß gemütlich zu Tisch beim Abendes-sen zusammen.

»Gefällt euch das Holzhaus?«

Beide Kinder bejahten. Bret sagte noch dazu, dass es draußen gruselig ist, wenn es finster wird, da die Hütte mitten im Wald stand. Der Vater beruhigte mit den Worten, dass es nur vorübergehend wäre. Dass es Monate werden, ver-schwieg er. »Reichst du mir bitte den Salat?«

Jade: »Wie lange bist du jetzt weg Papa?«

Hier hätte James es seinen Kindern nochmal schonend bei-bringen können, doch er tat es nicht.

»Das kommt ganz darauf an.«

»Worauf?«

Der aufgeklärte Bret gab die Antwort an seine Schwester weiter: »Na wo die Bösen sind. Papa muss das noch rausfin-den.«

Madeleine vorwurfsvoll: »James! Muss das sein?!«

Betroffen zuckte er kurz mit den Schultern und blickte um Vergebung bittend (aber nur eine Sekunde) seine Frau an: »Ich will nicht lügen. Aber mehr erfährt ihr nicht.«

Bret neugierig: »Wird dort jemand getötet?«

Jade freute sich über die Frage ihres Bruders und beide Kinder blickten aufgeregt zum Vater. Madeleine sah ebenfalls zu James, nur hatte sie einen prüfenden Blick im Gesicht.

James in ruhigem Ton: »Nein. Wir werden die Herrschaften nur darum bitten, sie mögen uns in Ruhe lassen.«

Jade versuchte eine Tötungsantwort mit einer hetzerischen Gegenfrage heraufzubeschwören: »Und wenn sie das nicht tun?«

Eine pulsberuhigende Antwort von Madeleine folgte: »Dann wird euer Vater ihnen ein blaues Auge verpassen. Genug darüber gesprochen. Ihr müsst euch auf den Schulanfang konzentrieren und vielleicht fangt ihr noch an ein Buch zu lesen. Das schadet keinem von euch.«

Jade sarkastisch: »Ja. Ich freue mich schon auf meine neue Klasse. Sehe ich gar nicht ein, dass wir wegen denen umziehen haben müssen.«

Bret: »Mir ist das egal.«

»Du hast auch keine Freunde zurücklassen müssen, weil du keine hast.«

Madeleine: »Jade! Hör jetzt auf!«

Jade beleidigt: »Ich hab genug. Darf ich aufstehen?«

James: »Klar.«

Madeleine verdrehte die Augen zu James' Erlaubnis.

Am Abend des nächsten Tages saßen George, Bruce und Billy an einem zusammengeflickten Tisch im *Kreislaufkollaps* und schlürften Bier.

Billy: »Weswegen hat er uns hierherbestellt?«

George: »Das wir trainieren und dann die Arschlöcher ausschalten.«

»Ja das habe ich auch verstanden am Telefon, aber ich meine …«

Bruce: »Na was? Kriegst nicht frei? Ach so. Du hast ja eh keinen Arbeitgeber. Oder hast du dich schon selbstständig gemacht?«

Billy: »Leck mich Bruce. Zahlst du?«

»Warum sollte ich. James hat uns hierher bestellt. Er zahlt!«

»Na wenn das so ist … Lara? Bitte einen Long Island. Danke.«

Bruce lachte: »Na du traust dich aber was in deinem Kindesalter.«

Billy zeigte Bruce den Mittelfinger und steckte ihn dann kurz in den Mund. Bruce lachte jetzt irrer.

George, der bereits alle Formen von Brüderstreitigkeiten kannte und mit seinen Emotionen punkto dem Thema etwas abgeflaut schon war, sagte seelenruhig in Richtung Bar: »Mach einen zweiten Lara. Bitte, danke.«

Lara lächelte ihnen entgegen. Als Bruce dann kurz zu ihr hinsah, verwandelten sich ihre freundlichen Mundwinkel in eine gleichgültige Linie.

Bruce: »Sagt mal, wie will er die eigentlich finden?«

Plötzlich tauchte wieder aus dem Nichts James auf und erschrak alle am Tisch. »Das lasst mal meine Sorge sein.«

George schmunzelte: »Ah, der Ninjakönig persönlich.«

Billy heute nicht beeindruckt, wollte Infos und Fakten hören: »Eines mal vorweg … Wo willst du trainieren? Wie willst du die Kerle finden? Und vor allem, wie lange sollen wir trainieren?«

»Ich habe meine Methoden. Lasst das echt meine Sorge sein. Ich will nur haben, dass ihr mich hier unterstützt und euch auf das Training konzentriert.«

Bruce leicht verärgert: »Aha. Der Diktator-Ninja nimmt jetzt also unser Leben in den Griff. Mitentscheiden dürfen wir wohl nichts. Wissen auch nichts. Egal.« James warf ihn einen einschüchternden Blick zu, doch Bruce beachtete ihn nicht und nahm einen kräftigen Schluck Bier. Er setzte ab und sagte dann fast versöhnlich und etwas verständnislos: »Wir sind sowieso dabei. Sie haben ja auch uns angegriffen. Die Arschlöcher müssen mir noch meine halbe Bar abbezahlen. Die Versicherung übernimmt vorerst nur die Hälfte. Das hol ich mir wieder.«

George belanglos: »Mir ist das egal. Hab mir für drei Wochen freigenommen. Das geht sich aus, oder?«

James setzte sich neben Bruce und gegenüber vom ältesten und jüngsten Bruder: »Das wird nicht reichen.« Bruce verdrehte die Augen.

Billy aufgeregt: »Das reicht nicht? Wie lang denn?«

»Naja, das kommt darauf an, wann ich herausfinde, wo sich die Banditen aufhalten und auf euer Training. Denn dort wo die sind, da gibt es bestimmt noch mehr von denen. Vielleicht nicht so starke, aber bestimmt mehr. Und ganz ehrlich George, du hättest echt schon ein Sauerstoffzelt gebraucht.«

George einsichtig: »Jaja, ich bin ein bisschen aus der Form.«

»Und wenn ich mir dich so ansehe, dann glaube ich, dass das bei dir dasselbe ist.«

Bruce aggressiv wegen der Bewertung: »Einen Scheiß! Die waren in der Überzahl. Für dich würd's noch locker reichen.«

James ließ den letzten Satz unbeantwortet: »Waren die früher nicht auch in der Überzahl? Ist echt nur zu eurem Besten. Stellt euch daher bitte auf ein halbes Jahr oder so ein. Ich weiß es selbst nicht«, kam die zeitliche Ansage, die sofort Trubel auslöste.

»WAS?« »Ein halbes Jahr?« »Nur Training?« »Und dann ein Endkampf auf Leben und Tod!« »Bin dabei!« »Ich auch!« »Ich auch!

Bruce: »Ich brauch hier eh schon Abwechslung. Kommt mir eigentlich gelegen.«

»Ist deine Familie in Sicherheit?«, fragte George.

»Ja. Mach dir darum keine Gedanken. Kannst du die Bargeschäfte Lara solange alleine zutrauen?«

Bruce blickte von James zu Lara und rief ihr zu: »Du Lara?« Sie antwortete während sie Gläser trocken wischte genervt: »Jaaa Chef?«

»Ich bin für ein halbes Jahr weg. Ohne Scheiß. Kannst du solange die Bar für mich übernehmen?«

Ihr Gesicht wurde hellwach und freudig: »Äh, jaaa! Na klar! Ab wann?«

»Ab jetzt! Eine detaillierte Übergabe gibt es nicht. Du kennst dich eh überall aus.«

»Danke! Wow. Moment … Ist das ein Scherz?«, fragte sie misstrauisch nach, sah aber die ernsten Blicke der vier Brüder. Sie nickte langsam, als sie sah, dass ihr vollstes Vertrauen geschenkt wurde.

Bruce wandte sich wieder James zu: »Geregelt.«

»Wart mal. Was soll ich im Büro sagen?«

»Hab für dich gekündigt.«

»Was hast du?«

»Gekündigt.«

»Und die rufen nicht mal an und fragen nach?«

»Undankbar bis zum geht nicht mehr, was?«

»Was hast du denen erzählt?«

»Egal George. Ich helfe dir nach unserem Big-Fight, wieder zu einem Job.«

Billy: »Und dein Feuerwehrjob?«

James grinste: »Hab ein Burnout.«

George polterte: »Und wieso hast du das bei mir nicht auch gesagt?«

James mit müdem Blick: »Mochtest du deinen Job so sehr?«

George: »Das nicht, aber es geht ums Prinzip.«

James abfällig: »Jaja. Billy für dich ist das ja kein Problem, oder?«

»Naja. Ohne Arbeit kann ich mir die Miete nicht leisten.«

»Übernehme ich solange wir weg sind.«

Bruce hämisch: »Welche Arbeit?«

Billy: »Ich mache Gelegenheitsjobs, dass ich mich irgendwann als Taekwondo-Lehrer selbstständig machen kann.«

Bruce gelangweilt: »Wissen wir.«

George zu James: »Zahlst du auch meine Wohnungsmiete?«

James kurz und knapp: »Nein. Du hast genug Geld von früher. Ich kenn deine Finanzen.«

George nahm einen Schluck vom Bier, verdrehte die Augen und murmelte: »Na toll. Der Kleine hat wieder mal Finanzvorteile.«

James klärte nochmals auf: »Stone und die anderen Fighter werden solange angreifen, bis es uns nicht mehr gibt. Versteht ihr, warum wir unser Leben vorübergeh…«

»Jaja, verstanden.« »Verstanden.« »Langweil uns nicht. Wir wollen töten.« James freute sich über die Zusagen und deren Verständnis.

»Wir werden Hilfe brauchen. Fragst du John und Kai? Ich kann ihnen auch Geld geben, wenn sie das wollen.«

Bruce: »Äh, warte mal. Die beiden willst du auf Leben und Tod kämpfen lassen?«

James ignorierte vorerst Bruce: »Gib mir ihre Nummern Billy. Ich rede mit ihnen. Ist ihnen freigestellt.« Nun kam er auf den Box-Bruder zurück: »Was ist mit Ralph? Wir brauchen vielleicht Waffen.«

Bruce: »Sollte gleich kommen. Äh, zurück zum Geld. Bezahlst du mich auch?«

George: »Und mich?«

Billy: »Und mich?«

James lachte. »Das ist *eure* Sicherheit für die ihr kämpfen müsst. Ich trainiere euch dafür.«

Bruce widerwillig: »Brauchst nicht. Gib mir einen Boxsack. Ich trainiere mich allein.«

»Ich fürchte bei diesen Gegnern müssen wir uns auf mehr einstellen.«

Bruce verdrehte die Augen. George und Billy waren hoch-konzentriert und hingen an seinen Lippen, als würde James gleich ein Geheimnis der Kämpfer preisgeben.

»Wo trainieren wir eigentlich?«

»Dafür habe ich schon gesorgt. Abgeschieden in den Bergen.«

George besorgt: »Und Essen?«

James: »Dafür habe ich gesorgt.«

George noch besorgter: »Aber ich esse das Doppelte als du. Vielleicht sogar mehr.«

James lächelte: »Ich weiß. Mach dir keine Sorgen.«

Billy schelmisch: »George muss seinen größten Muskel trainieren«, und klopfte ihm auf den Bauch. James und Bruce grinsten.

George: »Und du musst mal lernen über 1.500 Kalorien zu essen, du Skelett.«

Bruce: »Wann geht es los? Gleich?«

James: »Morgen. Ich hol euch ab. Packt genug Gewand ein.«

Billy: »Geil!«

George: »Fuck! Geil!«

Bruce: »Ich besauf mich glaub ich heute noch mal.«

James: »Das solltest du. Ab morgen ist Alkohol gestrichen bis nach dem Kampf.« Die Brüder stießen mit ihren Krügen zusammen und Lara brachte ihnen auf Zuruf von George gleich nochmal eine Runde.

Bruce zu Lara, während sie servierte: »Ich hoffe ich kann mich auf die verlassen.« Die Kellnerin verdrehte die Augen und lächelte die anderen drei Brüder an. »Wohin fährt ihr eigentlich.«

Bruce mürrisch: »Geheimnis. Frag nicht.«

Lara missmutig: »Entschuldigung.«

James: »Danke im Namen von Bruce.«

George: »Bruce mag dich in Wirklichkeit.«

Billy: »Er liebt dich.«

Lara und Bruce wurden rot.

Die Kellnerin in verächtlichem Ton: »Da bin ich mir sicher.«

Bruce wurde ein bisschen kleiner auf dem Sessel und knurrte mit zusammengebissenen Zähnen: »Bestimmt.«

Die drei anderen Brüder lachten.

Kapitel 7 – Training

»Wie lange fahren wir noch?«

»Ein ganz schönes Stück. Ist die Aussicht nicht jetzt schon herrlich?«

»Da ist überall Nebel.«

»Ach ja.«

»Was haben John und Kai gesagt? Hast du sie angerufen?«

»Na klar. Sie werden nachkommen. Lasst das meine Sorge sein. Konzentriert euch einfach nur auf das Training dort.«

Bruce äffte James nach: »Macht euch keine Sorgen. Lasst das meine Sorgen sein. Ich hab an das gedacht. Das mache ich. Das hab ich schon gekündigt für dich. Blablabla.«

Sie lachten.

Billy: »Oh nein. Ich kann mich nicht konzentrieren.«

George: »Was ist?«

James: »Warum?«

Billy: »Ich glaube mein Bügeleisen läuft noch.«

George: »Ja, ich glaube ich habe den Herd angelassen. Fahr zurück.«

Bruce: »Ja und ich habe vergessen mir nach dem Scheißen den Arsch auszuwischen.«

Alle lachten.

George: »Das mit dem Auswischen habe ich schon längst hinter mir in meinem Alter. Braucht keine Sau. Höchstens einmal mit einem Feuchttuch durchfahren und fertig.«

Billy zu James: »Denen kannst du richtige Hygiene auch noch beibringen.«

Wieder lachten sie alle.

James zu Billy: »Ich hoffe dir macht es nichts aus mit zwei Schweinen in einem Haushalt zu leben.«

Billy: »Auf begrenzter Zeit ist es vielleicht auszuhalten.«

Sie grinsten alle.

Dann quatschte sie James mit wichtigen Informationen wieder müde. Er hatte wichtige Themen für sie, die er während der Fahrt noch oberflächlich mit ihnen durchackern wollte: Intensität, Kalorienverbrauch, Ernährungsplan, Disziplin und Willensstärke, korrekte Techniken, Atmung, Erholung, Tierstile, Kraftaufbau, Muskelkater, Konzentration, ...

Doch Bruce vermittelte ihm, dass sie die Aussicht genießen wollten:

»Erzähl uns das bei der Ankunft. Wir wollen in Ruhe die Landschaft anschauen.«

Also blickten sie alle still in den Nebel, nur Billy der Fahrer auf die Straße.

Der Weg zur Berghütte vom Tal hinauf, war für das Auto strapaziös, da es kein Geländewagen war. Es ging eine halbe Stunde über Stock und Stein und das mit nur fünf bis zehn km/h. Doch nun war es soweit. Sie konnten um Punkt zwölf Uhr mittags die neue Bleibe für die Trainingszeit begutachten. Es war eine große Holzhütte mit anschließendem Turnsaal, der ebenfalls sehr naturverbunden aus Holz gebaut worden war.

Bruce: »Wow. Was für ein Schuppen.«

Billy: »Gehört die Hütte dir?«

James: »Ja. Eine Kleinigkeit.«

Bruce: »Kleinigkeit? Woher hast du die Kohle?«

James: »Wir haben früher gut verdient. Vergessen? Du hättest einfach nicht so viel in Koks und Nutten stecken sollen.«

Bruce: »Ich habe nie gekokst.«

George und Billy lachten.

James: »Ach ja, bevor wir hineingehen, muss uns jemand das Essen besorgen. Der Kühlschrank ist leer.«

George schnaufte: »Ich wusste, dass es einen Haken gibt. Was siehst du mich dabei so an? Soll ich ein Reh jagen gehen?«

Billy stöhnte: »Oh mein Gott, wir werden verhungern. Pflück uns lieber Heidelbeeren, damit wir irgendwas essen können.«

Bruce frech: »Das klappt auch nicht. Der bringt uns giftige Beeren nach Hause, weil er die nicht unterscheiden kann.«

George entrüstet: »Na wie wenn *du* die unterscheiden könntest. Du kannst ja nicht mal Brombeerschnaps von Marillen-Likör trennen.«

»He, da war ich betrunken.«

»Ich weiß. Ich auch.«

»Okay Leute. Nein. Nicht jagen gehen. Du musst nur runter in das Dorf gehen, von wo wir gekommen sind. Dort gehst du in das Restaurant am Kirchenplatz, sagst dem Wirt, dass ich dich schicke und kommst mit den zwei großen Taschen wieder rauf. Der Wirt kennt sich aus.«

George jetzt völlig entrüstet: »Das ist echt kein Scherz?«

James stolz: »Nein. Betrachte es als dein erstes Training. Wird dir gut tun. Wie viele Schritte bist du letzte Woche gesamt gegangen? 20.000?«

»Keine Ahnung. Auf so einen Scheiß schau ich nicht.«

»Diese magische Marke wirst du *heute* allein schlagen.«

Bruce und Billy prusteten los vor lauter Lachen.

George aufgebracht: »Da komm ich ja erst morgen rauf!«

James lächelte schwach: »Ach komm. Ein bis zwei Stunden runter und zwei bis drei Stunden wieder rauf, würde ich schätzen. Untrainiert so wie du gerade bist. Schau, dass du zum Abendessen hier bist. Sechs Stunden hast du Zeit, die ab jetzt läuft. Wenn du um sechs Uhr noch nicht da bist, machst du im Anschluss eine Stunde Burpees. Und das will ich dir ersparen, also gib Gas!«

Als James aufhörte zu sprechen, dachte George, dass er ihn jetzt vielleicht mitteilte, dass das alles nur ein Scherz war. Doch es kam nichts.

George drehte sich kantig um und stapfte in großen Schritten fluchend in Richtung Dorf hinunter los.

»Ihr beide könnte jetzt zum Lachen aufhören. Es geht auch für euch gleich los.«

Bruce verhöhnend: »Müssen wir auch *herumgehen*?«

James lächelnd: »Viel besser noch …«

George wütete derweil fluchend ins Tal hinunter.

Am Abend kam er schweißgebadet mit zwei riesigen schweren Taschen bei der Tür der Holzberghütte rein. Bruce und Billy lagen auf der Couch und hatten die Augen geschlossen.

»Ich scheiß gleich drauf! Ihr könnt hier herumliegen und ich bin der Esel.«

Bruce: »Halt die Schnauze. Wir haben auch unser Fett abgekriegt. Ich kann mich nicht mehr bewegen.«

Billy stand unter Stöhnen auf und half George die Taschen zu leeren.

»Hier in der Nähe gibt es eine ziemlich hohe Aussichtswarte. Dort sind wir hingejoggt und anschließend rauf und runter gelaufen. Zwanzig Mal zirka. Bruce ist am Schluss schon gekrochen. Ich habe gar nicht gewusst, dass er so gefügig und gehorsam sein kann.«

George stöhnte: »Naja. Am Anfang spielen wir eben alle gern mit. Ich glaube das wird sich legen.«

Billy: »He, da sind ja nur drei Packungen Eier drin. Das geht sich ja nur für einen Tag aus.«

George grimmig: »Ist mir auch schon aufgefallen. Der will, dass ich das wohl jeden Tag mache.«

Bruce lustig: »Ist es nicht nach sechs Uhr? Du musst Burpees machen. Hahaha.«

Billy grinste. George wollte schimpfen, konnte aber vor Erschöpfung nichts mehr sagen, plumpste auf einen Stuhl am Tisch und entschloss sich lieber zu stöhnen: »Aaaaaaaaaah. Ich kann nicht mehr. Wo ist eigentlich unser Meister?«

Billy: »Der trainiert im Gym. Megageil eingerichtet und riesengroß.«

George: »Hat der nicht mit euch mittrainiert?«

Billy: »Doch, doch. Aber irgendwie scheint er noch Energie zu haben. Nicht mal ich könnte jetzt noch was machen, obwohl ich jeden Tag zwei Stunden trainiert habe.«

Bruce: »James ist bestimmt auf Crystal Meth, deshalb kann er noch.«

George: »Ich glaube, er hat eine Maske auf und ist in Wirklichkeit ein Chinese. Die arbeiten ja alle 30 Stunden am Tag und wären unzufrieden, wenn man sie beurlaubt.«

Billy, der schon wild die Taschen ausräumte, auf der Suche nach Nahrung, die ihm zusagte, wurde fündig: »He geil, wir haben Lachs.«

George: »Wir hatten sogar mehr Lachs. Ich habe aber bergauf Energie gebraucht. Höhö.«

Bruce raffte sich auf und ein paar Gliedmaßen knackten dabei: »He, lasst mir was über.«

Währenddessen trainierte James im Turnsaal Kicks in die Luft. Schweiß tropfte auf den Parkettboden. Er hielt inne, ging zur Bank, wo sein Handy lag und sah sich kurz nochmal das Video mit Mike Möller an, als dieser dem Feind drei Kicks in der Luft offenbarte. James nickte dazu bestätigend.

Am Morgen hatten die ungleichen Brüder aufgrund ihrer fest eingelernten Rituale und Morgenroutinen ihre eigenen Probleme. Sie hatten zwar jeder ein einzelnes Zimmer, doch das WC und das Bad mussten sie sich teilen.

Billy lehnte bei der WC-Tür mit einem Zitronengesicht und rümpfte die Nase: »Komm schon George! Wenn du deine zehn Kilogramm Kurzhanteln scheißen musst, dann lass vorher die anderen ihr kleines Geschäft verrichten.«

George schrie drin vom Klo heraus: »Geh raus pissen. Um Punkt halb sieben kommt meine Darmentleerung. Da wird nicht dran gerüttelt.«

Billy verdrehte die Augen.

Währenddessen schrie James das dritte Mal in Richtung Bruce' Zimmer: »Aufstehen! Das gibt's ja nicht! Soll ich einen Wasserkübel holen?«

Bruce schrie verschlafen aus dem Bett zurück: »Kein Arschloch steht so früh auf!«

»Oh doch! Alle! Nur *du* nicht!«

»Lass mich in Ruhe!«

Andere alltägliche Themen waren die Haare im Abfluss des Waschbeckens oder in der ... »Wer rasiert sich immer in der Dusche? Scheiße nochmal!«

Und viele andere Themen ...

»Könnt ihr auch mal abwaschen?«

»Hättest dir einen Geschirrspüler gekauft.«

»Wer steht am Haushaltsplan?«

»Den Zettel hat Bruce gestern gefressen.«

»Sag mal, hat man nur in der Ecke Empfang?«

»Gibt's da nur eine Steckdose?«

»Wer hat den Staubsauger ruiniert?«

»Du bist mit dem Holz holen dran.«

»Bruce hat keines gehackt.«

»Seid ihr schon wieder mit den Schuhen reingegangen?«

»Komm schon George! Das Eierspeis in der Mikrowelle warst du!«

Zwei Wochen später ...

Sie standen um die Mittagszeit vor der Hütte und James gab wieder die Instruktionen: »Du holst uns das Essen. Ihr beiden geht wieder mit mir zur Warte.«

Bruce: »Ich kann nicht mehr.«

»Wird der Gegner bestimmt nicht sagen.«

»Ach komm. Einen Tag Pause. Ich mag echt nicht mehr.«

»Der Gegner schläft nicht. Stimmt's Billy?«

»Glaub ich nicht. Aber wir brauchen einen Cheat-Day James. Uns tut schon alles weh.«

James verwundert: »Nach zwei Wochen? Wie siehst du das, George?«

Dieser sah in Richtung des Weges, den er gleich wieder ins Tal beschreiten musste. »Naja, ich kenn schon jeden Stein. Den Bäumen habe ich schon Namen gegeben. Das Training ist ein bisschen fad.«

»Ich merke, dass du trödelst. Deine Zeit hat sich kaum verbessert.«

»Stoppst du?«

Bruce: »Haha. Geil. Ja. Du hast glaub ich zugenommen, weil du aufwärts so viel frisst.« George und Billy lachten.

James einsichtig: »Okay. Ich will mal nicht so sein. Bruce und Billy begleiten dich, damit dir nicht so langweilig ist. Und ab morgen lassen wir uns das Essen hinaufliefern und du trainierst bei uns.«

Billy nahm die Gunst der Stunde wahr und beschwerte sich über ihr Training: »Können wir mal was anderes machen, außer der Warte?« »Vielleicht«, war die knappe Antwort.

Bruce: »Wieso schaust du mich an?«

»Bist du der Meinung, dass sich deine Kondition verbessert hat?« »Klar.« James sah ihn misstrauisch an.

Bruce: »Die können alle ruhig kommen.«

George: »Ja, die betonieren wir jetzt schon richtig.«

»Glaubt ihr? Billy?«

»Ich glaube, dass ich schneller geworden bin.«

»Na dann. Ich sehe euch in ein paar Stunden wieder. Versucht den Rekord zu brechen.«

George erfreut: »Jaja, machen wir.«

Bruce und Billy: »Bis dann.«

Am Weg ins Tal zum Wirten scherzten und lachten sie. James sah ihnen düster nach. Im Gasthaus unten angekommen, überredete Bruce die anderen beiden ein Bier zu trinken. Auch Billy, der sehr dagegen war, ließ sich dazu dann hinreißen. Ein zweites und ein drittes folgten.

Nach dem vierten Bier ...

George: »Trinken wir noch eines?«

Billy: »Aber unser Rekord?«

Bruce knurrte mit einer Zigarette in der Hand: »Der ist schon im Arsch.«

Billy: »Könnte sich aber ausgehen, wir sind ja erst eine Stunde hier.«

George: »Das kannst du mir glauben, der Weg da rauf, ist echt kein Zuckerschlecken.«

Bruce: »Scheiß drauf. Eines haben wir uns noch verdient.«

Billy: »Habt ihr überhaupt Geld einstecken?«

George lachte: »Machen wir es doch wie im *Kreislaufkollaps* – James zahlt dann. Aufschreiben.«

Die Brüder machten sich nach dem besagten vierten Bier auf den Heimweg mit zwei Taschen Proviant. Sie legten bei der Hälfte des Weges eine Pause auf einer Lichtung ein. Die Dämmerung brach herein. Als sie wieder aufbrechen wollten, knackte es im Dickicht. Der vorsichtige Billy schreckte in Richtung des vermeintlichen Geräusches und spitzte die Ohren: »Habt ihr das gehört?«

»Was denn? Sind sicher Tiere gewesen.«

»Da war was im Wald.«

»Ja. Tiere.«

George und Bruce beachteten die Worte ihres Bruders nicht und stapften wieder los. Billy sah in den finsteren Wald hinein, konnte aber nichts erkennen. »Ich könnte schwören, dass das kein Tier war …«

Da sprang eine Ninja-Gestalt aus dem Schatten in die Lichtung, voll verkleidet in schwarz mit Gesichtsmaske, zwischen die Brüder. Nur die Augen konnte man durch einen Spalt sehen. George und Bruce sahen den Angreifer nicht, da sie zu weit vorne waren. Billy, der Packesel musste die Taschen niederstellen und machte sich bereit für den Kampf, da der Ninja bestimmt nicht zum Reden hier war.

»ACHTUNG!«

Der Ninja griff Billy mit schnellen Faustschlägen an. Billy stolperte ungeschickt nach hinten und bekam zwei Schläge an die Brust. George war von hinten bereits herangestürmt, was ihm nichts gebracht hatte, da der Ninja den Anlauf in einer flüssigen Bewegung ausnutzte und ihn über ihn mit einem einfachen Handgriff hinwegschleuderte. George landete unsanft auf Billy. Dieser stöhnte und ächzte. Jetzt kam Bruce und veranstaltete ein Feuerwerk der Fäuste. Doch nichts traf. Der Ninja wich den Schlägen nicht nur aus, sondern berührte auch noch in der Schnelligkeit der Schläge, Bruce´ Fäuste. Dieser wurde dadurch noch aggressiver und schlug schneller.

Der Ninja wich jedoch weiterhin geschickt aus, sprang einmal und verpasste ihm einen sauberen Spinning Kick in die Magengrube, was Bruce in die Knie gehen ließ. Der herannahende George kassierte eine Kombination von Schlägen und Tritten, die ihn letztendlich in die Knie und auf den Boden zwang.

Billy war wieder auf den Beinen und schaffte es den Ninja von hinten zu umklammern. Doch dieser machte mit ihm einfach einen Rückwärtssalto und nahm Billy als Matte. Er rollte sich über ihn hinweg, kniete sich nochmal nieder und schlug Billy mit der flachen Hand ins Gesicht.

Der Ninja nahm nach dieser Aktion seine Stoffmaske ab. Niemand anderer als James entpuppte sich hinter dem schwarzen Mann. Wütend gab er von sich: »Von dir hätte ich mehr erwartet Billy. In Disziplin und im Kampf versagt. Alle drei wärt ihr jetzt tot. Keiner kann dem Gegner noch das Wasser reichen! Zu dritt habt ihr gegen mich verloren.«

George rechtfertigte: »Wir haben was getrunken. Das gilt nicht.«

James: »Ihr kotzt mich an!«

Zu Bruce warf er einen enttäuschten Blick. Etwas verschämt und verärgert, dass er Recht hatte und dass er keinen richtigen Schlag landen konnte, raffte er sich auf.

»Wir sehen uns oben.«

James machte sich in beeindruckendem Tempo auf den Weg zur Hütte. Seine Brüder folgten ihm mit Mühe, ohne ein Wort zu sprechen.

Frühmorgens, am nächsten Tag im Turnsaal nach einem Zirkeltraining, schwitzten und keuchten sich George und Bruce den Teufel hinaus. Billy nur ein wenig.

James klatschte in die Hände: »Pause. Reden wir.«

Bruce: »Ach komm. Du willst über das gestrige reden?«

George: »Ja. Vergiss es. Das war Scheiße, wissen wir.«

James: »Nein. Nicht über das gestrige. Sondern über das, was auf uns zukommt und über euch persönlich. Wo fangen wir an?«

Billy: »Was kommt auf uns zu?«

George: »Ja. Was kommt auf uns zu?«

Bruce: »Über uns brauchst du uns nichts erzählen.«

James sah ihn streng an. »Ach ja? Weißt du eigentlich deine Schwächen Bruce?«

»Klar. Ich bin Alkoholiker.«

George lachte wie ein Irrer, obwohl das in der Realität eigentlich nicht so lustig war. Billy grinste.

»Selbsteinschätzung ist wichtig. Wieso sagt ihr euch nicht gegenseitig, was eure Schwächen sind und was eure Stärken? Versucht mit den Augen der Gegner zu denken. Was denken sie sich bei George? Bruce oder Billy?«

Billy: »Er ist langsam.«

Bruce: »Schwer. Langweilig das Spiel.«

»Das ist kein Spiel! Die töten euch, wenn sie die Gelegenheit haben, du Volltrottel! Schnall das endlich!«

Bruce: »Jaja.«

George: »Meine Stärke ist meine Kraft.«

»Ja genau. Deshalb wird sich niemand von dir packen lassen, weil er weiß, dass er da den Kürzeren zieht. Wer nun?«

Bruce: »Was ist mit dir? Hast du eine Schwäche?«

»Sag du es mir. Ich kenn meine und versuche jeden Tag daran zu arbeiten, sie zu minimieren.«

Billy: »Wirklich? Dass muss ich meinen Schülern erzählen.«

George: »Du hast schon Schüler, die du ausbildest?«

Billy lachend: »Ja. Zwei.«

Bruce murrte: »Kindergarten.«

»He Bruce konzentrier dich. Was sind meine Schwächen?«

Bruce betrachtete James genau und verengte die Augen zu Schlitzen.

»Hm. Keine Ahnung. Deine, äh, keine Ahnung. Arroganz.«

»Du findest, dass ich arrogant bin? Was bist dann du? Das meine ich nicht als Streitgrund. Du findest mich arrogant? Da hab ich mich aber falsch eingeschätzt.«

Billy deutete zu Bruce den Vogel. »Hast du sie noch alle? Das nennt man strenger Lehrer, der Disziplin fordert. Aber nicht arrogant. *Du* bist arrogant.«

Bruce: »Ich hau dir eine in deine Fresse du Oberlehrer.«

James beruhigte: »Jetzt nicht. Dieser Teil kommt noch.«

Bruce: »Kann es kaum erwarten.«

»Deine Schwäche ist Bruce, obwohl du Boxer bist, deine Trefferquote mit den Fäusten. Schnell bist du ja. Aber du triffst nicht.« James deutete auf seine untere Hälfte des Körpers: »Deine Beinarbeit ist zum Kotzen. Nicht das hin und her springen, sondern dass du keine Kicks machst. Das müssen wir ändern. Deine schnelle Aggression werden wir nicht mehr wegbekommen, aber wir müssen daran arbeiten, dass du sie so konzentrieren kannst, dass sie zu deinem Vorteil wird.«

Bruce verblüfft: »Wie soll das gehen?«

James: »Du kannst in diesem Zornmodus einstecken und gehst trotz schwerer Treffer nicht zu Boden. Das ist gut. Aber du triffst hier auch nicht.«

James ging auf und ab und überlegte. »Du musst einfach konzentrierter werden.«

»Na toll.«

Billy neugierig: »Was ist meine Stärke und meine Schwäche?«

George: »Du bist Jungfrau. Du hattest noch nie einen richtigen Kampf. Und noch nie Sex, oder?«

Bruce lachte. Sogar James sah schelmisch drein.«

Billy lachte: »Oh doch. Ich habe schon viele Trainingskämpfe hinter mir und ich hatte schon mal Sex. So viele Weiber wie Bruce hab ich zwar nicht gehabt, aber wer steht sich's schon auf Geschlechtskrankheiten.«

Bruce lachte und verteidigte sich anders: »Sex mit einem Menschen?«

Sie lachten wieder alle.

Bruce: »Du hattest aber noch nie einen Kampf um Leben und Tod. Das ist gleich was ganz was anderes.«

James: »Da haben sie Recht. Es gibt da leider keine Regeln.«

»Na gut und meine Stärke?«

James: »Deine Entschlossenheit ist ebenfalls eine Schwäche. Du darfst auf keinen Fall zögern, wenn du die Gelegenheit hast einen Gnadenstoß auszuführen. Sie werden mit dir und mit uns dasselbe machen. Das darfst du nicht vergessen. Du solltest außerdem mehr essen.«

Billy genervt: »Ja okay. Krieg ich hin. Und meine Stärke?«

Bruce: »Du hast keine. Hast du das nicht verstanden? Deshalb hat er nichts gesagt.«

»Billy hat die größten Vorteile von uns allen. Er ist noch aufnahmefähiger als ihr. Ich werde dir ein paar Super-Techniken beibringen, mit denen du in wenigen Angriffen den Gegner ausschalten kannst.«

Bruce witzelte zu George und deutete den Daumen hinüber: »Supergeheime Kampftechniken lernt er ihm.«

George fand gerade nichts lustig: »Warum konzentrieren wir uns nicht auf unsere Stärken, anstatt auf unsere Schwächen.«

»Das sagt ja niemand. Ich will euch damit nur sagen, dass ihr schneller werden müsst, beweglicher, treffsicherer und Durchhaltevermögen zeigt. So wie früher, nur *noch* besser!«

»Wann fangen wir mit meinem Spezial-Training an?«

»Beim Abendessen in zwei oder drei Wochen. Ich erzähl es euch danach. Ich will jetzt Disziplin. Kommt schon. Weiter geht's.«

Stöhnend erhoben sie ihre Kadaver …

George wollte sich auf die Trainingsbank legen. James deutete *nein* und deutete Billy hin. George zog einen Schmollmund und musste auf die Yogamatte und mit einigen schwarzen Terrabändern arbeiten. Flexibilität war angesagt, die er nicht hatte. Bruce musste auf eine Softtafel dreschen, die mit Blinklichter ausgestattet war, die abwechselnd ein- und ausschalteten. Das Spiel war für Bruce klar, wie es funktionierte, nur war er zu langsam.

Nachher musste Bruce gegen Billy mit nur einer Hand antreten – Billy durfte nur ausweichen – keine Gegenwehr leisten. Bruce' Nerven fehlten ihm hinten und vorne. Billy deutete *nein* zum Schutzanzug, den James deutete anzuziehen. Der Widerwille kam und ging bei den Brüdern abwechselnd.

Während des Trainingskampfes zwischen Bruder Drei und Vier, musste sich George noch mehr Terrabänder zum Ziehen nehmen. Die Matte war bereits vollgeschwitzt.

Bruce bekam von Billy, der sich mit einer Hand jetzt wehren durfte und besser geworden war, eine gebraten und lag lachend am Boden, weil er ungeschickt das Gleichgewicht verloren hatte. Danach musste Bruce nur ausweichen und Billy durfte mit beiden Händen auf ihn hinschlagen.

George trainierte am Sprungseil. Bruce lernte Knietechniken von James. Billy musste jetzt gegen George antreten. Als Billy durch einen Spinning Kick, der sein Ziel verfehlte zu Sturz kam, stellte sich George auf ihn, streckte die Hände in die Höhe und triumphierte. Billy schrie, dass er aufgab, weil er so schwer war und klopfte ab. »Alter! Geh von mir runter! Hust, hust! Da steht ein Kleinwagen auf mir! Helft mir!«

James und Bruce lachten.

Sie saßen am Tisch zu Abendessen und hatten gerade den letzten Bissen in den Schlund hinuntergeschlungen. Nun lehnten sie sich gemütlich zurück und ließen den Abend ausklingen.

George: »Scheiße war das gut. James, ich hab mich überfressen. Kann morgen am Zirkeltraining nicht teilnehmen.«

Bruce rülpste und sagte anschließend: »Ich schließe mich an.«

»Ihr werdet morgen die Energie dazu schon haben.«

Billy: »Du hast gesagt, dass du uns sagst, was auf uns zukommt. Wolltest du uns da etwas sagen? Jetzt wäre Zeit.«

James lehnte sich nach vor und blickte durch die Runde: »Sagen euch Vitalpunkte oder Akupressur-Punkte etwas?«

Ratlose Gesichter über den Tischen.

»Gefährlich Stellen, oder?«

»Richtig. Anders ausgedrückt, Schwachpunkte.«

»Also Eier und Fresse, oder?«

Bruce und Billy lachten über den Kommentar von George.

»Oh mein Gott. Kennt ihr sonst noch Schwachpunkte am Körper?«

Bruce: »Leber, Herz, Milz.«

Billy: »Hals.«

George: »Der menschliche Körper ist eigentlich von Schwächen übersät. Eine einzige Baustelle.«

Billy: »Dein Körper ist eine Müllhalde. Das Essen, das da zusammenkommt fragt sich, ob es auf einem Komposthaufen gelandet ist.«

George: »Trottel.«

James: »Es gibt Punkte am Körper, die sind sehr anfällig, weil sie gleich Körper oder Kopf lahmlegen können, durch Übelkeit, Zitteranfall, Paralyse, Ohnmacht und vielen anderen Sachen. Ein gezielter Schlag löst so etwas aus.«

Bruce: »Und du willst, dass wir diese Punkte da jetzt lernen oder was.«

George zu Billy: »Zum Beispiel hinter dem Hals. Da hat Jet Li den Kiss of the Dragon mit einer Nadel gemacht. Der Gegner konnte sich nicht mehr bewegen und ist aus allen Körperöffnungen verblutet.«

James: »Das war ein Film.«

George unverbesserlich: »Den Punkt gibt es wirklich.«

James verdrehte die Augen: »Es ist ein fiktives Beispiel zu einem Vitalpunkt. Ja.«

George: »Also hat es den gegeben?«

James: »Der ist erfunden.«

Bruce: »Nochmal. Sollen wir die Punkte jetzt lernen?«

James: »Nein. Das ist ein viel zu komplexes Thema. Das kann man nicht in so kurzer Zeit lernen. Ein Masseur oder ein Physiotherapeut zum Beispiel, lernt so etwas jahrelang in der Schule, damit er Körper entspannen lassen kann, was das Gegenteil ist von dem ist was wir brauchen.«

Bruce leicht verärgert: »Das heißt wir gehen drauf, weil nur du so supergescheit sein willst? Kennst du sie überhaupt?«

James: »Ja ich kenne sie. Und nein, Bruce. Ihr werdet nicht drauf gehen. Ich möchte sie nur Billy beibringen. Aber das hat einen Grund. Er ist noch lernfähiger in dieser kurzen Zeit.«

George: »Wieso? Wie lange haben wir noch?«

James: »Wer weiß. Diese Vitalpunkte sind hohe Kunst und werden teilweise nur mit den Fingerkuppen durchgeführt. Die kleinsten zumindest. Größere kann man auch mit der Handkante erreichen.«

Billy freute sich wie ein Kleinkind über einen geschenkten Lolly und wurde schon ganz neugierig: »Was? Echt? Cool!«

Bruce rückte die Technik in ein fragwürdiges Licht: »Mit den Fingerkuppen? Was ist denn das für ein Scheiß?«

James erklärte ruhig: »Nicht die Wucht des Schlages ist entscheidend, sondern die Genauigkeit, dass du genau den Punkt triffst und den Gegner paralysierst oder andere Dinge mit ihm tust. Leider haben wir es ja noch schwerer, da sich unsere Ziele bewegen.«

»Ja dann vergiss es gleich.«

»Jetzt sei mal leise. Nur weil du zu alt bist zum Lernen.«

Bruce ließ den Satz friedlich durchgehen, deutete Billy aber trotzdem die Faust.

»Präzession ist wichtig, nicht die Intensität. Den Nerv muss man treffen. Stell dir vor, du kannst mit einem Schlag den Gegner unschädlich machen und das mit minimaler Energie. Du könntest ein Schlachtfeld alleine aufräumen.«

Billy sah verträumt und begeistert in die Ferne, als stünde eine Zauberbox vor ihm.

George abwertend: »Kann ich auch mit einem Schlag.«

Bruce abwertend too: »Kann ich auch.«

James: »Kombinationen aus Fingerschlägen sind noch höhere Kunst und verlangen schon extrem hartes Training.«

Billy: »Kannst du das etwa?«

James: »Ich bin schon seit Jahren dabei mir diese Kunst anzueignen. Gegen Holzfiguren gewinnt man immer, doch im Kampf ist das eben schwierig. Hier ist echt jede Sekunde entscheidend. Wir wissen nicht mit wie vielen Leuten wir es zu tun bekommen.«

Bruce: »Halt, Stopp! Wer sagt, dass wir so harte Gegner haben?«

James: »Hattest du eine Chance, als sie dich fertig gemacht haben in der Bar? Hattest du das Gefühl, dass du diese Situation unter Kontrolle bringst?«

Bruce: »So wie die mich verdroschen haben, gebe ich zu, ist mir noch nie passiert. Aber das geschieht mir kein zweites Mal.«

»Das sind perfekte Killer. Stone hat hier irgendwie die Besten der Besten eingesammelt und gegen uns gehetzt.«

George: »Egal was die kassieren von ihm, es wird zu wenig sein. Die werden sich wünschen nie gegen uns angetreten zu sein.«

James lächelte schwach: »Das hoffe ich, dass wir dann alle dieses Selbstbewusstsein haben werden.«

Er begann ihnen alles über die Gefährlichkeit des Gegners zu erzählen:

»Der Drache (Roooaaar!) beweist geistige Stärke. Er wird wie die anderen bis zum Schluss kämpfen, auch wenn alles aussichtslos erscheint. Er besitzt eine ausgezeichnete Sehkraft ist flexibel in seinen Bewegungen und daher unberechenbar. Der Affe (U–u–u–i–i–a–a!) ist ebenso unberechenbar. Er ist wendig und schnell, macht viele Rollen und Saltos. Sein Stil ermöglicht ihm schnell auszuweichen und blitzschnell wieder anzugreifen.

Die Gottesanbeterin (Zirp!) ist eine Mischung aus sehr stürmischen Arm- und Handtechniken und den effektivsten Beintechniken des Affen. Sie ist noch stürmischer als der Affe. Die echte Gottesanbeterin in der Natur, also das Insekt greift mit ihren klebrigen langen Fangarmen die Beute. Unsere, also der menschliche Kämpfer in der Rolle der Gottesanbeterin, also genauer gesagt im Stil des Insektes, greift mit langen scharfen Stangenmessern, die er aus den Ärmeln zaubert. Also höchste Vorsicht.

Die Schlange (Sss!) ist schon wesentlich präziser als die Gottesanbeterin und der Affe. Sie hat sehr weiche, flexible Bewegungen und setzt Hände, Arme, Beine, Kopf und Körper ein, um immer Treffer zu landen.

Diesen Stilen schreitet aber einer voraus und ist daher einer der gefährlicheren Stile – der des Kranich!« (Hiiiaaa!)

George: »So ein hässliches Scheißtier?«

Bruce: »Ein Scheißflamingo?«

Billy: »Kennt ihr keinen Kranich, ihr Affen?«

George: »Affenstil? Was?«

James unbeirrt: »Der Kranich ist sehr konzentriert und geduldig. Das Geheimnis seiner Unbesiegbarkeit ist die Passivität mit der er agiert. Er wartet auf einen Fehler von euch, wehrt geduldig ab oder aus und macht sich anschließend, wenn ihr aggressiver vorgeht, eure Konzentrationsschwäche zunutze, um schnell und präzise anzugreifen.«

Bruce: »George´s Geheimnis seiner Unbesiegbarkeit ist die Fettschicht um seine Wampe und sein Mundgeruch.«

George und Billy lachten.

James erzählte unbeirrt weiter:

»Der Tiger. (Raaaooor!) Auch dieser ist einer der gefährlicheren Stile. Menschen, die sich entscheiden, diesen Stil zu lernen, haben meistens kräftige Knochen und Gelenke. Oder sie bekommen sie dadurch. Ihre Bewegungen sind geschmeidig und dennoch kraftvoll. Seine Finger und Handballen imitieren Tigerpranken.«

Betroffene Gesichter in der Tischrunde.

»Der Leopard (Raaauuur!) ist genauso gefährlich wie der Tiger. Schnelligkeit wir ihm zugesagt. Auch er hat muskulösere Gliedmaßen, die seinen Schlägen und Tritten Kraft verleihen. Der Leopard ist technisch einer der gelenkigsten, da sehr viele Schläge und Tritte mit Bewegungen verbunden sind.«

Nachdem Bruce, der die Kraft seines Gegners, persönlich am Leib erfahren hatte, verlautbarte und warnte, dass der menschliche Tigerstil die Fingernägeln zu Krallen gefeilt hatte und dass der Leopard die Zähne zu spitzen Todeswerkzeugen geschliffen hatte.

Dann war wieder James mit dem Angst und der Aufklärung machen dran: »Doch der einer der stärksten, wenn nicht der stärkste und gefährlichste Stil ist der des Adlers. (Iiiaaa!) Wie beim Tiger, werden hier die Klauen mit den Händen nachgeahmt. Der Stil ist deshalb so gefährlich, da seine Angriffe nur auf die empfindlichen Vitalpunkte des Körpers zielen werden.«

Erschrockene Gesichter und große Augen am Tisch.

»Nicht nur. Aber hauptsächlich. Wie gesagt, durch wenige Bewegungen kann er seinen Gegner kontrollieren. Er wird jeden Druck-, Reiz-, Nerven-, Akupunktur- oder Akupressur-Punkt finden und euch fertig machen wollen.«

George: »Also zusammengefasst, jeder ist schnell, stark und wir müssen sie treffen, bevor sie uns treffen. Ausweichen und Austeilen. Ganz einfach. Warum sagst du das nicht gleich so?«

Billy scherzte: »Du weichst aus?« Bruce lachte.

James: »Ihr wisst nicht mit welchem Stil ihr es zu tun bekommen werdet. Am Ende werden dir einer oder mehrere gegenüberstehen und da solltest du schon wissen worauf dieser Stil bedacht ist und nicht blindlings drauflosrennen und einfach nur versuchen in die Fresse zu schlagen.«

George: »Mit dem Kranich bin ich fertig geworden, aber der Adler war echt ein harter Brocken.«

James: »Der Kranich hat sich auf mich konzentriert. Das war Glück, welches du nicht mehr haben wirst. Lass dir das gesagt sein. Mit wie vielen Schlägen hat dich der Adler eigentlich ausgeknockt?«

George dachte an die Büroszene zurück. Er konnte sich nur noch daran erinnern, dass ihn etwas am Hals erwischt hatte. Im ersten Moment tat es nicht weh und er dachte sich, war wohl nichts. Aber im nächsten durchströmte *etwas* seinen Körper und er war gelähmt.

»Keine Ahnung. Das ging so schnell. Drei oder vier Schläge und das war bestimmt nicht die Faust, was mich auch so irritiert hat. Ich hatte ja nicht mal echte Schmerzen. Ich war einfach wie betäubt.«

»Wo hat er hingeschlagen?«

»Arme und Rippen glaube ich. Am Schluss auf den Hals.«

Bruce und Billy hörten aufmerksam zu.

Bruce erzählte von seiner Erfahrung mit den Tierstil-Kämpfern: »Mann, ihr wisst, dass ich eine phänomenale Schlagkraft habe, aber der Tiger war mir auch nicht mehr egal. Das hat geschmerzt. Und ich weiß was Schmerzen sind.«

Billy mit großen Augen: »Was echt?«

George kreativ hochmotiviert: »Erfinden wir einen eigenen Kampfstil mit dem sie nicht rechnen und überlisten wir sie!«

Bruce prustete los. Dann auch Billy.

James lächelte: »Und was genau George?«

Billy: »Die Ameise wäre ein möglicher Stil für dich George. Sie kann das Vielfache ihres Gewichtes tragen.«

Bruce: »Langweilig! Ich glaube du schaust zu viel Universum. Und was ist mein Stil, Herr Vernünftig? Känguru? Weil alle beschissenen Kängurus boxen?«

George und Billy lachten.

George: »Das nächste Mal mach ich den Kranich wieder fertig. Lass dir das gesagt sein.«

James: »Der Kranich und der Adler sind nicht deine Kragenweite. Für dich gehört die Gottesanbeterin oder vielleicht der Affe. Aber *niemals*, für keinen von euch, zwei gleichzeitig.«

Bruce: »Den Bauchtanz-Stil oder Hula-Hoop-Reifen-Stil könnten wir erfinden? Hahaha.«

George, James und Billy lachten. James war allerdings in einer Sekunde wieder ernst: »Immer in Bewegung bleiben.«

Bruce: »Hierzu wenden wir am besten den Satelliten-Stil an. Haha.«

George und Billy schmunzelten.

»Merkt euch: Erzielt der Adler einen Treffer, könnte es schon vorbei sein. Man darf ihm keinen Schlag schenken und sich denken, beim nächsten pass ich eben mehr auf. Der Schlag könnte tödlich sein!«

Billy: »Und was sind ihre Schwachpunkte? Du erzählst nur von ihren Stärken. Wie können wir sie besiegen?«

Bruce: »Unbesiegbare kann man nicht besiegen. So wie Subzero.«

George: »Oh doch. Leonidas hat auch die Unsterblichen geprüft. Und sie haben versagt.«

»Genau. Warum bekommen kleine Kinder von Drachen vorgelesen?«, fragte der Lehrer. Ratlose Gesichter tragen ihn.

»Selbst die Kinder wissen schon, dass es Drachen nicht gibt. Doch sie lernen, dass man Drachen töten kann.«

George: »Das heißt den Drachen können wir töten und die anderen nicht?«

James: »George. Das war eine Metapher.«

»Ich weiß. War ja nur eine blöde Frage.«

»Die Schwachstelen sag ich euch noch nicht. Das waren mal genug Infos zu merken. Wenn ihr mal ihre Stärken kennt, dann reicht das für heute. Die Schwachstellen erzähl ich euch, wenn die anderen da sind. Doch es gibt sie. Ihr müsst sie nur finden und einfach verdammt nochmal super trainiert, fit und klug auf sie vorbereitet sein.«

Sie saßen gemütlich auf dem Sofa und den Stühlen vor dem Kamin und tranken jeder einen Bananenproteinshake.

James: »Morgen kommen Ralph, John und Kai zu uns.«

George: »Was machen die für ein Training?«

James lächelte.

»He, vergisst du eh nicht auf mein Spezialtraining?«

»Morgen fangen wir mit deinem Fingertraining an. Deine Finger müssen kräftiger werden, sonst brichst du sie dir beim ersten Schlag. Auch die am leichtesten treffbaren Punkte gehen wir theoretisch durch.«

Bruce: »Und was machen wir?«

»Ich hab euch Trainingspläne geschrieben.«

James gab George und Bruce jeweils einen Zettel. George und Bruce rissen ihm das Blatt Papier neugierig weg und machten große Augen, was darauf geschrieben stand. Dann sahen sie gegenseitig auf den jeweils anderen, was der andere tun musste.

George: »Ist das ein Wochenplan?«

James: »Ein Tagesplan.«

Bruce: »Ach so. War uns eh klar, dass wir mehr trainieren als Bruce Lee.«

James: »Bruce Lee hatte nie einen Kampf auf Leben und Tod. Ihr schon. Deshalb trainiert ihr mehr.«

George: »Bruce Lee hatte sehr wohl Todeskämpfe!«

Bruce: »Ja. Du glaubst wohl, dass du Bruce Lee bist.«

James lachte: »Nein. Das glaub ich nicht.«

George: »Du bist nur neidisch, weil er jede Kampfsport beherrscht hat und du nicht.«

James: »Ich habe mich auch in jede hineinstudiert.«

Billy machte auch mit den Lehrmeister zu necken: »Jetzt warst du auch noch ein Student.«

Bruce: »Und neidisch bist du, dass ich Bruce heiße und nicht du.«

Wieder lachten alle.

George protestierte lustig zu Bruce: »Ja aber komm, am nächsten ist Bruce Lee James. Du bist ein versoffenes Elend!«

Gelächter.

Eine Stunde später saßen Bruce und Billy vor dem Fernseher und zogen sich einen Van Damme Film rein.

Bruce: »Wie läuft es mit deiner Selbstständigkeit? Brauchst du Tipps?«

Billy: »Was? Habe ich mich gerade verhört?«

»Ach vergiss es.«

»Nein, nein. Ja, ich brauch Hilfe. Die Anmeldung ist etwas …«

»Beschissen?«

»Holprig.«

»Wenn das hier vorbei ist, komm zu mir. Ich helfe dir. Ich kenn da jemanden.«

»Yeah. Super. Danke. Äh, wie steht es mit dir und Lara eigentlich.«

Bruce zog ein Gesicht.

»Möchtest du nicht darüber reden?«

»Naja. Sie hat mir nie wirklich verziehen, dass ich mit ihr Schluss gemacht habe. Aber es war damals eben was anderes. Da war ich eben zu rüpelhaft.«

Billy hob die Augenbraue. »Aber jetzt nicht mehr«, kam es in sarkastischem Ton aus ihm heraus. »Was glaubst du warum sie so lange bei dir geblieben ist? Die liebt dich noch, obwohl du so bist, wie du bist. Du bist zwar noch immer rüpelhaft, aber irgendwie bist du ja doch reifer geworden. Rede mal ordentlich mit ihr. Was empfindest du?«

Bruce barsch: »Ich möchte doch nicht darüber reden. Tun wir doch einfach nur fernsehen und sagen, es war nichts.«

Billy lachte, Bruce schmunzelte.

George, der sich währenddessen mit James am Tisch sitzend unterhielt: »Was lernst du deinen Kindern gerade? Das heißt, nicht welches Musikinstrument. Welche Kampfsportart?«

James grinste: »Den Umgang mit Waffen.«

George lachte: »Ist es dafür nicht etwas früh.«

»Du kennst meine Einstellung. Jade ist zwölf und Bret zehn. Es ist fast schon zu spät. Madeleine wollte zuerst Wing Tsun durchhaben. Da durfte ich nicht sonderlich mitreden. Jetzt machen sie Waffenkunde und Jeet Kune Do.«

George lachte. »Aha. Na was ganz normales eben für Kinder.«

Die Mittagssonne stand hoch. George, James, Bruce und Billy trainierten draußen vor der Hütte, wo eine schöne Fläche Gras mit verschiedensten Trainingsutensilien war und warteten auf die Ankunft ihrer Freunde.

James: »Das musst du aus der Hocke machen, mit Technik und nicht mit Kraft. So kannst du Energie sparen. Die wirst du brauchen!«

George verdrehte die Augen. »Jaja.«

James herrschte den nächsten Bruder an: »Setz deine Beine ein. Deine Knie. *Deine Knie!*«

Bruce verdrehte die Augen. George freute es heut nicht mehr sonderlich, hörte mit seiner Übung auf und begann zu scherzen: »Ich bin der Adler, nimm dich in Acht. Kraaaaaaah!« Dann attackierte er geduckt (man könnte meinen er flog mit einem imaginären Besen) Bruce, der lachend auswich: »Du bist eine Krähe, haha. Krähen gehen nur auf Vogelscheuchen los.«

»Ja das Gesicht hättest du dazu.«

»Es gibt doch bestimmt auch einen Walrossstil, der zu dir passt.«

George lächelnd: »Und was macht der?«

Billy, der mit seinen Pantomimen-Griffen aufhörte und am Gespräch teilnehmen wollte: »Na die Zähne reinhauen in den Hals.«

Bruce abfällig: »Ich glaube Billy ist schon wieder bei seinen Vampiren angelangt.«

George, James und Billy lachten.

Ralph, John und Kai kamen ein paar Minuten nach dem Dialog der Brüder endlich an. Sie stiegen aus und wurden von allen freundschaftlich begrüßt. Sie bestaunten die Hütte im Wald.

Ralph mit Schweißfleck in der Brustgegend: »Wow. Hier trainiert hier?«

James: »Ich weiß, dass du für die Waffenvorbereitung zuständig bist, aber du solltest *auch* ein wenig fitter werden und Reaktion zeigen können.«

Ralph war die Anspielung auf sein Übergewicht nicht entgangen, war ihm aber egal: »Hauptsache Treffsicher.«

James schoss zurück: »Kondition.«

Bruce zu Ralph: »Nimm ihn nicht ernst. Gestern hat er uns über die Arche Noah und ihre Tiere erzählt.«

»Was?«

Billy: »Freut mich, dass ihr gekommen seid.«

John hochmotiviert: »Jetzt beginnt das Training erst wirklich.«

Kai: »Wann legen wir los? Bin schon ganz geil drauf.«

James ohne verziehen einer Miene: »Ralph, du holst unser Essen vom Tal. John und Kai, euch zeige ich die Warte. Billy und ich trainieren am Fuße des Aussichtsturms seine Finger. George und Bruce, ihr habt eure Zettel. Ihr bescheißt nicht mich, sondern euch selbst und bringt dadurch die anderen in Gefahr. Also seid ehrlich zu euch selbst und trainiert ernsthaft!«

Verdutzte Gesichter bei den drei Neuankömmlingen. Die drei Brüder schmunzelten. Ralph mit fragendem Gesicht, eine Frage stellend:

»Was soll ich tun?«

George bekam plötzlich einen Lachanfall, machte ein U-Hakerl und stützte sich auf die Knie auf. Er brachte keine Worte mehr raus.

Bruce lachte ein wenig minder: »Uns Essen holen vom Tal! Keine Angst. Danach wird nochmal trainiert. Du verpasst schon nichts!«

Viel Gelächter.

Einen Monat später ...

Die ungleichen Sieben trainierten in der Trainingshalle. James hatte den neuen Helfern seiner Schlacht die Kung-Fu-Tierstile nicht vorenthalten. Jeder war am neuesten Stand punkto Gefährlichkeit, Stärke und Schwäche des Gegners, soweit sie selbst wussten.

Bruce trainierte mit Kai als Sparringpartner. Ralph und Billy verglichen ihren Bizeps, wobei keiner der beiden etwas Außergewöhnliches vorzuweisen hatte, da ja Ralph eher nicht trainiert und mit Muskeln ausgestattet war und Billy mit dem Essen nicht ganz nachkam, dass ihm James servierte. Vor allem wurde der Bizeps aber niemals aktiv isoliert trainiert, was einem Kämpfer herzlich egal war, wie groß er war. (Außer George.) Bei einem Kämpfer zählte nicht das Aussehen, sondern das Können.

George erklärte John, wie er den Kranich ausgehoben und wie ihn dann der Adler fertig gemacht hatte.

James im Vorbeigehen ...

»George? Ich muss gehen. Meine Leute brauchen mich.«

»Ist was mit den Kindern?«

»Ja. Bret ist so krank und erholt sich nicht.«

Dann sprach er lauter, damit ihn die anderen im Turnsaal auch hören konnten.

»Leute, ich muss zwei bis drei Tage zu meiner Familie fahren. Ich komme wieder. Bitte trainiert fleißig weiter.«

Bruce zu Scherzen aufgelegt: »Ich komme wieder? Jetzt glaubt Bruce Lee auch noch, dass er Schwarzenegger ist.«

Gelächter. James schenkte ihm ein mattes Lächeln und verließ den Turnsaal. Wortlos blickten sie ihm nach.

»Was ist? Hab ich was Falsches gesagt?«

George klärte auf: »Naja. Bret ist krank.«

»Ups. Na soll er doch mal länger bei ihnen bleiben. Der übertreibt hier sowieso. Der einzige mit Familie, wobei man genau bei ihm glauben könnte, er hat keine.«

»Das ist richtig.«

Nacht.

James war völlig in schwarz bekleidet. Er hatte einen Arbeitsgürtel umgeschnallt, der in keinem Beruf zu finden war. Zahlreiche Ninjasterne zierten dessen Anblick. Auf seinem Kopf trug er ein Nachtsichtgerät.

Hinter ein paar Bäumen und Büschen in sicherer Entfernung zur Ruine versteckt, die als getarntes Geheimversteck und Hauptquartier der *Bösen* diente, beobachtete er ein paar wenige Wachen, die unaufmerksam ihre Runden drehten. Er schrieb eine SMS mit dem Handy und passte dabei auf, dass das Licht nicht auffiel.

Die weißen, weit entfernten, funkelnden Sterne standen still, während auf der Erde sich einige Sterne, die rasante Geschwindigkeiten in Todesmanier erreichten, das gewünschte

Ergebnis brachten und sich rot verfärbten. Wache um Wache kippte lautlos um.

Der Ninja gelangte in das Innere der Ruine, dem Burghof und lief eine Minute später oben auf der Brüstung bei den Burgzinnen herum. Er ging durch eine Tür, sah nach einem langen Gang ein Drogenlabor, in anderen Räumen sah er die Schlafbetten von ein paar Kämpfern und zählte die Räume mit den Betten. Später schlich er bei einem leeren Käfig vorbei. Währenddessen schrieb er immer wieder ein paar Nachrichten und tötete nebenbei mit schnellen Griffen oder mit Würfen der Ninjasterne, lautlos ein paar Wachen.

James verlief sich in der Ruine und gelangte in eine Sackgasse. Das Licht ging an und er hörte Schritte hinter ihm. James nahm das Nachtsichtgerät runter und drehte sich um. Es waren nicht irgendwelche Handlanger-Kämpfer. Es waren die acht Kung-Fu-Tierstil-Kämpfer.

Adler: »Na? Was jetzt?«

Der Tiger zeigte seine Krallen: »Wir wissen, dass du alle Stile *halbwegs* beherrscht und auch deren Schwächen kennst.«

Die Gottesanbeterin zeigte ihre Stangenmesser, die sie ein bisschen, dennoch bedrohlich aus ihren Ärmeln rutschen ließ: »Trotzdem wirst du es nicht gegen uns alle schaffen. Auch du hast nur zwei Hände.«

»Ja, leider.«

Affe: »Aufpassen, er hat Ninjasterne.«

»Keine Sorge, die benutz ich nicht.«

Drache: »Erledigst du uns ohne diese?«

»Vielleicht mach ich bei dir eine Ausnahme.«

Der Leopard fletschte die Zähne: »Sollen wir uns abwechseln?«

Kranich: »Lassen wir ihn doch entscheiden.«

»Ich gebe auf.«

Die acht Kämpfer lachten.

Schlange: »Das haben wir nicht vorausgesehen.«

James lächelte sie alle an. »Ich weiß.«

Bevor sie an ihn rankommen, textete er noch schnell eine Nachricht und schleuderte das Handy dann zu Boden, das in hundert Teile zerbrach.

Einige Tage später am Abend, saßen die Trainier-Partner alle gemütlich im Wohnzimmer der Waldhütte in der Runde zusammen.

Kai: »Hat James nicht gesagt, dass er nach ein paar Tagen wieder da ist?«

George nachdenklich und auf sein Handy starrend: »Jaja. Er antwortet weder auf Nachrichten, noch hebt er ab, weil dauernd die Mobilbox kommt. Auch Madeleine hebt nicht ab.«

»Du probierst es ja auch erst seit heute.«

»Trotzdem.«

»Ich habe kein gutes Gefühl.«

Ralph polierte ein paar Schießeisen. Bruce schliff in seine Schlagringe Kanten hinein, damit diese spitzer wurden. Es gab zwar die Spitzschlagringe, doch die gefielen ihm nicht und sie waren in seinen Augen unhandlich bzw. blöd zum Verstauen in der Hosentasche.

Ralph: »Glaubt ihr, dass es bald losgeht?«

Bruce: »Da könnte was im Busch sein.«

George: »Ich geh pumpen. Kommt wer mit?«

John: »Ja ich.«

Billy: »Ja ich auch.«

Kai seufzte: »Dann muss ich auch. Das wird mit meinem Muskelkater jetzt nicht easy werden.«

Genau in diesem Augenblick platzte Madeleine zur Tür rein. Sie hatte ein panisches Gesicht aufgesetzt, das nichts Gutes verhieß. Die glasigen Augen ließen links und rechts eine Träne los.

»Sie haben James!«, stammelte sie halb zitternd.

Alle blickten sie verdutzt an. George ballte die Fäuste und schrie sie fast an: »Wer? Wer hat James?«

Madeleine: »Stone und die anderen.«

Bruce: »Das gibt es nicht!«

Billy: »Woher wusste James von ihrem Versteck?«

Madeleine's Tränenfluss stoppte nicht und sie wischte sich mit dem Ärmel das meiste weg. George nahm sie in den Arm.

»Macht ihr mal jemand einen Tee?« John sprang sofort auf und eilte in die Küche.

George geleitete Madeleine zum Sofa, wo sie sich setzten.

Schluchzend stotterte sie: »Naja. Wir haben sie ehrlich gesagt nie aus den Augen gelassen.«

Bruce: »Was? Was heißt nie? Ihr habt sie zehn Jahre verfolgt?«

George: »Seit der Club abgebrannt ist?«

»Nicht aus den Augen gelassen. Nicht verfolgt. So ist es besser ausgedrückt.«

George: »Du auch? Woher hat James gewusst, dass Stone und Jeremy überlebt haben?«

Madeleine: »Er hat mich nie belogen und hat gesagt, ein Leben mit ihm, beinhaltet dieses Thema, zum Schutze von uns und von euch.«

Bruce wütend: »Einen Scheiß! Der verschweigt uns zehn Jahre, dass Stone und Jeremy leben? Das glaub ich nicht.«

George nachdenklich: »Hört sich aber nach ihm an.«

Bruce: »Für das bekommt er eine von mir.«

John brachte Madeleine den Tee. »Heiß.«

Billy: »Diese Tier-Fighter gab es früher noch nicht?«

Bruce: »Nein. Die sind neu in der Manege. Ich töte sie alle.«

George: »Wie lange weißt du davon? Seit wann ist er weg? Ist Bret überhaupt krank?«

»Bret geht es gut. Er brauchte nur einen kleinen Vorwand, um wegzugehen. Ihr wärt sonst alle mitgegangen, aber wieder wollte er einen Vorteil herausholen, um euch eine riskante Überraschungssituation zu ersparen. Er wollte ihr Hauptquartier ausspionieren, um Informationen für einen Angriff zu sammeln. Fehlgeschlagen. Ich bin gleich nach dieser SMS zu euch gefahren.«

Während George und Bruce das Handy an sich gerissen hatten und die SMS durchgingen, erzählte Madeleine weiter:

»Nachdem der Club abgebrannt war, hat die Polizei nur eine gewisse Leichenanzahl angegeben und hatten gesagt, dass ein Anführer fehlte. Daraufhin recherchierte James und suchte nach ihnen. Als wir uns kennenlernten, weihte er mich ein und ich half ihm, weil ich es spannend fand. Lange Geschichte. Er hätte nie damit aufgehört, bis sie nicht alle tot wären. Ich habe es einfach toleriert, da mir dieses Leben eben gefiel. Mit Jade und Bret ist es komplizierter geworden. Aber wir haben weitergemacht. Ist das verantwortungslos gewesen?«

Ralph kopfschüttelnd und einsichtig: »Selbstverteidigung ist wichtig.«

Die anderen zogen die Augenbrauen hoch, weil sie ja die Übertriebenheit zur Kampfkunst der Familie kannten.

Billy: »Jetzt ist nicht der Zeitpunkt zum traurig sein oder hinterfragen. Wir müssen James befreien! Was steht in der Nachricht?«

George: »Dass sie ihn gefunden und gefangen haben. Aber die vorigen SMS sagen den genauen Standort des Hauptquartiers an. Es ist die Scharistophus-Ruine.«

John: »Die ist ja nur zwei Stunden oder so entfernt. Machen wir uns gleich auf den Weg?«

Die anderen sprangen auf und wollten schon packen, als George ihnen den Wind aus den Segeln nahm.

»Nein. James hat in einer anderen Nachricht geschrieben, dass ein Angriff auf keinen Fall in der Nacht passieren sollte.«

Billy: »Dann bei Morgengrauen.«

Bruce: »Was? Du willst tatsächlich warten?«

Madeleine: »Es wird einen Grund haben, warum er das schreibt.«

George: »Steht dabei. *Labyrinth. Zu viele Gänge.* Er hätte es sicher so gewollt. Deshalb ist er ja im Vorhinein gegangen.«

Bruce mürrisch: »Wie ihr wollt. Aber ich hab dann kein schlechtes Gewissen, wenn etwas geschehen sollte.«

George las weiter vom Handy vor:

»*Drogenlabor. Mögliche Finanzie...* Hier, diese SMS ist wichtig. *Acht Leute im Drogenlabor. Zehn bis fünfzehn Wachen. 40 bis 60 Kämpfer. Nicht ordentlich definierbar. Keine Waffenkammer. Zu 85 Prozent sicher. Hab nicht alles gesehen. Anscheinend nur die Wachen bewaffnet. Ein leerer Käfig mit Stroh. 5x5m groß ca., irgendwas halten die hier.*«

George ordnete die eigenen Gedanken:

Das meinte Stone also mit *vermasseln der Zukunft.* James war ihm auf den Fersen. Er wusste vom Drogenlabor zur Finanzierung zur Anheuerung etwaiger Kämpfer, Waffen, der Ruine und für andere Mafiaelemente. Deswegen war er nicht verwundert, als er im Büro erschienen ist. Ein richtiger Düsinger, dieser Ninja.

John: »Das nenne ich mal einen Aufklärungsrundgang.«

Kai: »Voll die Drohne, was?«

Billy: »Nur verrückt. Von mir bekommt er auch eine. Predigt Sicherheit und macht eigentlich selbst so eine Scheiße.«

Bruce: »Brauchst ja nicht gleich heulen. James war immer schon so egoistisch.«

George: »Na gut, zusammengerechnet ergibt das im schlimmsten Fall 75 Kämpfer, vielleicht können die im Drogenlabor auch Karate oder so einen Scheiß. Das heißt zehn dazu, plus die Clowns mit den Tiertechniken.«

Bruce: »Jeremy und Stone nicht vergessen. Die können auch ein bisschen Karate. Haha.«

Ralph: »Was für mich wichtig ist oder vielleicht für uns alle, dass es nicht so viele Schießwaffen gibt. Diese Gegner muss ja ich erledigen oder nicht?«

Bruce: »Solltest du.«

George: »Wir helfen zusammen. Keine Sorge.«

Billy: »Was ist, wenn sich James verzählt hat und es noch mehr Kämpfer gibt?«

George und Bruce lachten.

Bruce: »James verzählt sich nicht. Der nimmt das penibel genau und hätte sonst vorher keine SMS losgeschickt.«

John: »Und wir kämpfen zu sechst gegen rund 100 Gegner, die vielleicht Schießwaffen auch noch haben könnten.«

George: »He, er ist sich zu 85 Prozent sicher, dass es keine Waffenkammer gibt. Das heißt für James ist das 100 Prozent, weil er keine Fehl-SMS schreiben will, weil er vielleicht einen Dolch vergessen hat zu zählen. Und das würde ihn ärgern.«

»Haha, ja. Vielleicht hat er die Bestecklade nicht mehr zählen können«, lachte Bruce.

Die anderen schmunzelten und konnten nicht nachvollziehen, warum Bruce lachte, obwohl sein Bruder in der Klemme steckte.

George: »Ja zu deiner Frage. Wir kämpfen zu sechst gegen 100 Gegner. Scheiß auf die. Wir machen das wie beim Film 300.«

Alle redeten gleich euphorisch mit.

John: »Ah, du meinst in Engpassagen kämpfen wir gegen sie.«

Ralph: »Besser hätte ich es auch nicht ausdrücken können.«

Kai: »Verdammt guter Plan. Hört sich echt easy an.«

George: »Können von mir aus auch gleich 150 Leute sein. Egal. Ramm ich alle in den Boden!«

John und Kai lachten.

Billy dachte weiter: »Und was ist, wenn wir auf einer großen, weiten Fläche kämpfen müssen?«

Bruce: »Na dann läufst eben zu einem schmalen Gang hin, du Pflaume.«

Die anderen lachten.

Madeleine selbstsicher: »Ihr seid zu Siebt. Ich komme mit.«

Niemand wollte auf diesen Satz etwas sagen.

»Kein Widerspruch, Jungs?«

George: »Wir wissen, dass du uns alle in die Knie zwingen könntest. Von dem her bist du uns bestimmt eine Hilfe. Sind *wir* jetzt verantwortungslos?«

Billy bestimmend: »Bereiten wir uns vor!«

Bruce versprühte Aufstand: »He, niemand hat dich zum Anführer erklärt. Du gibst hier nicht den Ton an.«

Madeleine: »Macht euch fertig.«

Alle sprangen sofort auf und holten sich ihr Zeug.

George fragte Madeleine während dem Packen: »Was ist mit Jade und Bret?«

»Sind versorgt. Hab ihnen gesagt, dass ich heute hier übernachte bei James. Er war ja einen Tag wirklich bei uns. Aber dann ist er gefahren. Die Kinder wissen von nichts.«

George nickte grimmig.

James wurde in einem Kellerkerker gefangen gehalten, indem er mit Handfesseln an einer Wand befestigt war. Sein Gesicht war etwas mitgenommen, da er Schläge bezogen hatte. Sein Gürtel und sein Shirt wurden ihm abgenommen. Oberkörperfrei lehnte er da, präsentierte sein Sixpack, das im Blut glänzte, da er auch hier ein paar Schrammen einstecken musste. Der Drache kam rein.

»Wie war das mit deinem Ninjastern-Spielzeug?«

»Das ich bei dir eine Ausnahme mache? Drache nehme ich an, nicht?«

»Du hast keine Ahnung was Drachen so anrichten können.«

»Lass mal überlegen. Feuer speien kannst du schon mal nicht, dafür hast du Mundgeruch.

Der Drache schlug James in den Magen.

James stöhnend: »War das alles? Nach einem großen Drachen hat sich das aber nicht angespürt.«

»Wer sagt, dass ich der große Drache bin?«

»Na den kleinen gab es schon, du Pfeife. Dieser ist unersetzlich.«

Der Drache gab ihm noch eine in den Magen.

James voll ernst: »Drachen gehören ins Märchenbuch.«

»Nicht alle Drachen sind ausgestorben.«

»Aber bald.«

Der Drache wollte nochmals zuschlagen, als …

»Halt!«, ertönte Stone's Stimme.

Stone und Jeremy kamen in das kalte Steinkerkerstübchen. Der Drache warf ihm einen verachtenden Blick noch zu, ehe er ging.

Stone: »Wissen deine Brüder, dass du hier bist?«

James schwieg und sah weg. Stone versuchte schlau aus ihm zu werden und begutachtete ihn mit verengten Schlitzaugen. Nach ein paar Sekunden war er sich sicher und lächelte. »Dachte ich mir. Sollen ruhig kommen. Wir werden vorbereitet sein.« Er drehte sich um und ging.

Jeremy sah ihn still an und dachte an die Tatsache von früher, dass er James niemals besiegen konnte, geschweige denn in die Nähe eines Sieges kam. Haushoch war James ihm immer überlegen.

Der Gefangene starrte emotionslos zurück, was Jeremy sehr ärgerte, als fühlte er keinen Schmerz.

Nachdem er James dann letztendlich auch eine in die Magengrube gegeben hatte, folgte er Stone. Der Ninja spuckte Blut, sah ihnen nach und murmelte: »Hier kann wohl jeder nur einen Angebundenen schlagen. Schwachmaten.«

Kapitel 8 – Angriff

Am frühen Vormittag vor den Mauern der Scharistophus-Ruine lagen George, John und Madeleine im Dickicht versteckt und beobachteten die Wachen. Sie flüsterten miteinander …

John: »Glaubst du unser Plan funktioniert?«

George zynisch: »Welcher Plan? Dass wir uns idiotisch aufteilen und alle Trupps allein einen Weg hineinfinden müssen?«

Madeleine: »Dein Plan als Stampede hineinzugehen und alles *niederräumen* ist auch nicht der beste Plan der Welt.«

John: »Sie hat Recht. Wir müssen James finden. Das schaffen wir aufgeteilt schneller.«

George: »Kaum siehst du Titten, bist du schon auf deren Seite, was?«

John halb entrüstet: »Was? Nein. Um das geht es gar nicht.«

George: »Oh doch. Es geht immer nur um …«

Madeleine: »Seid ruhig! Da kommt einer her.«

Sie schlugen eine Wache nieder, dann noch eine zweite und dritte und gelangten schließlich in das Innere der Ruine. Der Drache beobachtete sie von einem Geheimversteck und lächelte.

»Sollen wir mitzählen?«

George sah ihn böse an: »Führst *du* die Strichliste?«

»Äh, ne.«

Sie irrten in den Gängen umher.

John: »Gefangene werden normalerweise immer im Keller festgehalten.«

George: »Wer erzählt den so einen Scheiß? Es kann auch ein Turm sein, wie bei Dornröschen.«

John: »Hast du irgendwo einen Turm gesehen?«

Nach einigen kleinen Auseinandersetzungen gegen Wachen fanden sie im Keller James.

Bruce und Ralph fanden ebenfalls einen Durchschlupf in die Ruine. Ralph hatte eine abgesagte Schrotflinte mit.

»Was Lauteres hast du nicht gehabt?«, fragte Bruce und deutete schwitzend auf das Kaliber in der Hand des anderen Transpirierenden.

»Schon, aber der Raketenwerfer ist zu unhandlich.«

Sie schlichen ein paar Gänge entlang, als sie das Drogenlabor entdeckten. Der Leopard und der Tiger standen inmitten und gaben den zirka zehn Laborkitteln Anweisungen, für bessere Crystal-Meth-Mischungen.

Als Ralph nochmal um die Ecke spähte, stand plötzlich der Leopard (RAAAUUUR!) vor ihm und grinste mit seinen Todeszähnen.

Der Leoparden-Kämpfer blickte in einer Millisekunde überrascht auf die Schrotflinte in den Händen von Ralph. Dieser drückte ab.

BOOOM!

Die Hölle brach los. Die Laborkittel rannten um die Tische und Pulte und wollten Bruce und Ralph angreifen. Ein paar konnte Ralph erschießen, ehe er nach Munitionsknappheit zu den Fäusten greifen musste, wo er ja leider nicht so felsenfest war. Bruce räumte währenddessen ordentlich auf.

Der Tiger (RAAAOOOR!) stand wie angenagelt da und blickte auf die blutige Leiche des Leoparden. Das Blut des Tigers kochte. Eine hässliche Zornfalte auf der Stirn wuchs in die Tiefe.

Er schrie: »ALLE AUF DEN BOXER!«

Bruce und Ralph blickten ein wenig befürchtet zu ihm. Mit großen Schritten stapfte der Tiger zu Ralph und sich durch Schulterkreisen noch versuchte aufzuwärmen oder einfach die aufgestaute Wut abzurollen. »Was für eine Schande für einen Kämpfer mit einer Schusswaffe hingerichtet zu werden. Das war kein ehrvoller Tod. Genauso wirst du auch sterben, du Stück Scheiße!«

Ralph ballte die Fäuste, blinzelte kurz zu Bruce, ob dieser ihm helfen könnte, da er ein sehr schlechtes Gefühl hatte, gegen den Tiger allein kämpfen zu müssen: »Du bist das Stück Scheiße!«

Es ging los …

Der Tiger schlug Ralph brutal in den Körper. Ein paar wenigen, in des Tigers Augen, lächerlichen Gegenangriffen, konnte er leicht ausweichen. Bruce sah die verzwickte Lage bei seinem Freund, musste aber vorher an den Laborkitteln vorbei, die zwar nur wie Spielzeug für ihn waren, jedoch trotzdem im Weg standen. Eilig schlug er einen nach dem anderen nieder.

Der Tiger fuhr die Krallen aus, zerfetzte das Shirt von Ralph und kratzte sein Gesicht auf. Er hämmerte Ralph mit seinen Handballen brutal nieder und hackte sich anschließend in seinen Körper rein. Blut spritzte. Ralph schrie. Anschließend packte er das am Boden liegende Opfer am Hals und holte mit seiner Tigerpranke aus.

»Für den Leoparden!«

In einer Rückblende vom Training sah und hörte Bruce James ihn anfauchen: »Benutz deine Füße! Benutz deine Beine! Benutz deine Knie!«

Mit seiner neu erlernten Technik sprang Bruce mit angezogenen Doppelknien in die Körperseite des Tigers und konnte den schlimmsten Akt verhindern, als der Tiger ein paar Meter von Ralph weggeschleudert wurde. Ihm blieb kurz die Luft weg, hielt sich die Rippen und hustete. Wütend richtete er sich auf und putzte seine Kleidung ab. Bruce warf einen schnellen Blick zu seinem Freund am Boden.

»Alles klar Ralph?«

Ralph lag blutverschmiert am Boden und schnappte nach Luft.

Bruce richtete wütend den Blick gen Tiger. Dieser war ebenfalls sehr wütend. Sie standen sich gegenüber und funkelten sich tödlich und befeindet an. Niemand sonst war mehr hier oder stand im Weg.

One on one!

Bring it on!

»Du wirst gleich bei ihm sein. Am Boden und dann in der Hölle.«

»Du wirst gleich in der Hölle schmoren.«

»Na da bin ich mal gespannt, ob du was gelernt hast, seit unserer letzten Begegnung.«

»Verlass dich drauf.«

Der Tiger ballte die Fäuste und ging von der Faust in die Imitation der Tigerkrallen über. Bruce´ Haare hingen ihm ins Gesicht. Auch er ballte die Fäuste und dehnte beinahe unmerklich die Beine für einen überraschenden Angriff.

Die Blicke beider Kämpfer waren gezeichnet voller Wut. Es ging los …

Der Tiger rannte auf Bruce zu. Dieser auf ihn ebenso. Kurz vor dem Zusammenprall, streckte sich Bruce blitzschnell zurück und konnte so den Tiger schwungvoll hinter sich katapultieren, der mit dieser Bewegung nicht gerechnet hatte. Es schleuderte ihn über den Tisch mit Ampullen und dieser typischen Laboreinrichtung für das Kochen von Drogensuppen. (große Schöpflöffel, Kochtöpfe, usw.) Bruce ruhte sich aber nicht auf den Lorbeeren aus, sondern rannte zum Tiger hin, um ihn zu bearbeiten. Er schaffte es, bevor er aufstand diesen zu erreichen und smashte mit Kniestößen los. Er hielt den Kopf des Tigers im Klammergriff mit beiden Händen nach unten und gab link-rechts Kombinationen von sich mit den Knien. Der Tiger blockte aber jeden Kniekick ab.

Im kämpfenden Vorbeigehen, sah er eine Ampulle mit violetter Flüssigkeit darin, schnappte sie sich und schlug sie auf Bruce' Kopf auseinander.

Dieser hörte mit den Kniestößen auf und der Tiger stürzte sich brüllend auf ihn. Beide bekamen das Übergewicht, verloren die Balance und stürzten über den nächsten Tisch. Dabei räumten sie wieder Unmengen an Zeug ab. Es zischte und dampfte, als gewisse Flüssigkeiten den Boden erreichten. Zum Glück war die Ampulle, die auf Bruce' Kopf zerbrochen worden war, keine giftige oder ätzende. Sie rafften sich beide auf, waren wieder ein wenig auf Abstand und bewarfen sich mit Ampullen von den Tischen. Es schepperte laut. Keine Ampulle traf ihr Ziel, also traten sie wieder näher zueinander. Der Tiger schlug irre um sich und wollte ihn mit seinen Krallen zerfleischen. Bruce wich ständig aus. Das

Ausweich-Training gegen Billy machte sich in diesem Moment bezahlt. Einmal war der Schlag aber so knapp, dass ihn Bruce die Hand zurückhalten musste, die vor seinem Gesicht sich zu senken drohte. Der Tiger guckte wie ein Psycho. Bruce guckte wie ein Psycho. Es war ein Kraftduell sondergleichen. Bruce schätzte den Körper des Tigers schwerer ein, da er gerade seinen dicken Oberarm bemerkte, der zum Zittern begann. Die Fingernägelkrallen blitzten auf. Bruce konnte dagegen halten. Auch hier hatte sich das Training bezahlt gemacht:

Er musste in der Trainingshalle 50kg Bankdrücken machen, während George von oben auf die Langhantel niederdrückte. Er schaffte keine einzige Wiederholung, was ihn sehr frustrierte, doch hier und jetzt sah er, dass das alles einen Sinn ergab, was er brüllend, schimpfend und frustrierend an James immer gleich weitergab. Er gewann das Miniduell und drückte den brachialen Tiger von sich weiter weg.

Der Tiger hörte mit dem Drückwettkampf auf, als er sah, er verlor und landete mit einem Fausttreffer im Magen des Boxers. Er sackte ein, der Tiger holte aus, wollte ihn das Genick von hinten bis auf den Knochen zerkratzen, aber Bruce schnellte hoch und schüttete ihm Flüssigkeit ins Gesicht. Es zeigte Wirkung, indem er den Schlag nicht vollstrecken konnte, zeigte aber keine Wirkung, dass sie giftig oder ätzend wäre.

»War wohl nichts«, spottete er.

Bruce sah ein weiteres Reagenzglas unten im Regal, nahm es und schüttete es ihm auch ins Gesicht. Plötzlich dampfte der ganze Kopf vom Tiger und dieser schrie. Die Haut wurde zerfressen und Blut trat hervor. Schreiend stürzte er über Tische und hielt sich das Gesicht, während es von den zusammengemixten Säuren und Giften deformiert wurde.

»AAAAAAAAHHHHH!!!«

Bruce sah auf die Etiketten der beiden Gefäße, da er die erste auch noch in der Hand hielt. Darauf stand: Xülatoprium – niemals mit Xilafonat mischen. Auf der anderen stand: Xilafonat – niemals mit Xülatoprium mischen.

Bruce kam ein knapper Lacher aus, als er den Überlebenskampf des Tigers sah. Nachdem dieser keine Regung und keine Unterhaltung mehr bot, kniete er sich zu Ralph hinunter und nahm seine Hand.

»Ralph? Kannst du mich hören?«

»Ralph ganz schwach: »Ja. Klar. Komm mir nicht zu nahe. Du hast Mundgeruch.«

Bruce lächelte ein wenig: »Ich hol dir Hilfe.«

»Du musst den anderen helfen. Ich schaff das schon.« Er spuckte Blut aus.

»Kommt nicht in Frage. Und *das* kann ich auch.« Dann spuckte Bruce Blut auf den Boden.

»Bruce, bevor du gehst … ich habe noch Schulden bei dir in der Bar. Die letzten drei Bier …«

»Ja, die schuldest du mir weiterhin.«

»Na toll«, raunte Ralph. »Selbst am Sterbebett wird einem nichts mehr erlassen.«

»Du bist nicht am Sterbebett. Du bist am Boden von einem Crystal Meth Labor. Und sterben tust du auch nicht wirklich.«

»Hilft's was, wenn ich nochmals Blut spucke?«

»Eher nicht. Verreck nicht, du hast Schulden.«

Billy und Kai jagten laufend durch die Gänge.

»Was glaubst du welchen Tierstil wir zuerst treffen?«

»Hoffentlich nicht den Adler.«

»Da vorne die Wache gehört mir. Die schaut easy aus.«

»Wie du meinst.«

Kai verpasste der Wache schreiend einen Flying Spinning Hell Kick. Billy kam bei der nächsten Wache dran und statuierte an ihr ein Exempel. Anschließend irrten sie weiter herum und konnten niemanden finden. Bei einer Wegkreuzung waren sie überfragt …

»Von außen hat die Ruine nicht mal so groß ausgesehen, was?«

»Die anderen sind sicher schon in spannende Kämpfe verstrickt.«

Als sie James losgeschnallt hatten, umarmten sich Madeleine und er.

John: »Keine Zeit für Romanzen.«

George: »Richtig Junge. Bringen wir es zu Ende.«

James: »Ich weiß wo Stone und die anderen sind. Wir müssen in den Hof hinauf.«

George: »Wenn du uns sagst, wo das ist, dann gerne.«

Madeleine: »Kannst du laufen?«

James lächelte sie schelmisch an und nickte. Nichts war leichter für ihn, als sich selbst in eine Art Trance-Zustand zu begeben, in dem er dem Schmerz leichter wegstecken konnte.

Er deutete in die Richtung, wo es zum Innenhof der Ruine gehen musste. Von der Seite hörten sie plötzlich Schritte.

Sie rissen ihren Kopf dorthin und erblickten den Drachen. (ROOOAAAR!)

»Wollt ihr schon gehen?«, fragte er.

Sie ballten die Fäuste und wollten auf ihn losgehen, aber James hielt sie zurück.

»Der gehört mir. Geht schon mal vor. Ich komme gleich nach.«

Alle blickten ihn ehrfürchtig an. Nachdem niemand wirklich Regung zeigte über die Anweisung des Ninjas, bekleidet mit nur einer schwarzen engen Hose: »Geht jetzt!«

Alle sahen ihn erschrocken von hinten an und taten wie geheißen.

Madeleine gab ihm noch mal einen Kuss auf die Wange.

»Ich will dich nicht noch mal verlieren. Pass auf dich auf«, flüsterte sie ihm ins Ohr. Dann verschwand auch sie.

»Wie rührend. Das war dein vorletzter Kuss. Du hättest sie besser hier behalten sollen, dann wären eure Chancen etwas ausgeglichener.«

»Wieso mein vorletzter?«

»Kennst du nicht den Kuss des Drachens?«

James aufgebracht: »DAS WAR EIN FILM! DAS IST FIKTIV!«

»Na wenn du dich da mal nicht täuscht.«

James wieder unbekümmert über die Worte des Feindes:

»Drachen gibt es nicht. Das wissen schon kleine Kinder. Die Geschichten sollen ihnen nur helfen und beibringen, dass man auch *sie* töten kann.«

»Es wird sie immer geben. Wir sind zeitlos.«

»Nur im Märchen. Oder im Haushalt«, lächelte James.

Ein ziemlich rasanter und verbissener Drachenkampf entstand. Rund um sie waren Gefängniszellen mit Eisengitterstäben. Gefangene gab es sonst keine. Einige Zellen waren bereits brüchig und man konnte ein- und ausgehen, ohne dass man gefangen gewesen wäre, wenn man die Zellentür zugeschoben hätte. Und diese Begebenheit, nutzte James aus, in dem er sich hinter Gitterstäbe stellte und so den Drachen immer wieder austrickste. Der Drache schlug durch, er packte das Handgelenk, zog ihn heran und schlug durch. Nicht immer landete er einen Gesichtstreffer, aber die die er ins Ziel brachte, zeigten bald ihre Wirkung.

Einmal bog er ihm das Handgelenk um die Eisenstangen, doch es war wie aus Gummi – eine Eigenschaft, die der Drache hatte, war die hohe Flexibilität. Er grinste durch und schlug James ins Gesicht zurück.

James und der Drache spuckten Blut weg. Noch immer waren die Eisenstangen zwischen ihnen.

Plötzlich bewegte sich James wie der Drache. Dieser sah die Tanzbewegung und vollzog den Kampfstilwechsel des Gegners nach. Unberechenbare Bewegungen waren fortan angesagt.

James überlistete den Drachen beim nächsten Angriff:

Der schlug durch die Stäbe durch, (sie lockten sich immer mit einer extremen Abstandsknappheit, um den Gegner in eine Falle zu locken) traf James im Gesicht, dieser packte jedoch wieder zu, sprang sich drehend in die Luft, kam wie ein Balletttänzer am Boden auf und drehte sich sofort wieder in der Luft. Es knackte hässlich und der Arm war gebrochen, was man anhand seiner unnatürlichen Stellung sah. Der Drache schrie, aber nicht lange, da James mit einem gezielten

Fingerknöchelschlag durch die Gitterstäbe, den Adamsapfel zerfetzte.

Der Drache brach zusammen, gurgelte Blut und deutete mit dem Finger auf James, der hinter den Stäben hervortrat und ihm keuchend zusah, wie die Seele aus dem Körper stieg. Trotz des eintretenden Todes, konnte man anhand der aufgerissenen Augen und dem Deuten des Fingers sagen, dass er einsah, dass James den Drachenstil eindeutig beherrschte. Dann kratzte der Drache ab.

James nahm sich seinen Arbeitsgürtel zurück und schnallte ihn sich um, der an die Wand gegenüber von den Zellen gehängt war. Er bekam Sterne in den Augen, als er seine Ninjasterne wieder um sich wusste.

George, John und Madeleine kamen im großen Hof an und waren von Mauern umringt. Ein paar Holztüren und ein Gittertor zierten die Mauern. Auch ein großer Balkon prangte gegenüber von ihnen aus den Mauern, darunter war das zweite Gittertor. Neben ihnen hätte man eine kleine Fluchtmöglichkeit mit Stiegen, die von zwei Seiten zu den Zinnen hinaufführten.

Madeleine: »Was jetzt?«

George: »Am besten wir warten auf deinen Mann und fragen den.«

Da kamen aus einer seitlichen Tür Billy und Kai heraus.

Kai: »Grüß euch. Was haben wir verpasst?«

Billy: »Habt ihr James gefunden?«

George: »Ja. Momentan kämpft er aber gegen einen Drachen. Kleinigkeit.«

Da traten ins Sonnenlicht auf den Balkon Stone, Jeremy,

der Adler (IIIAAA!),

die Schlange (SSS!),

der Affe (U-U-U-I-I-A-A!)

und die Gottesanbeterin (ZIRP!).

Die *Guten* machten sich bereit für den Kampf und bezogen Kampfstellung. Stone lachte, die anderen grinsten teuflisch.

Da kam James aus der Tür, ging zu seiner Mannschaft und blickte gen Balkon zu den *Bösen*.

James: »Einer weniger.«

Den *Bösen* verging das Grinsen.

Bruce wurde aggressiv, weil er keinen Weg aus dem Mauerlabyrinth hinausfand und schrie laut in die Luft: »Scheiße nochmal!«

Daraufhin hörte er viele Schritte und sah nach einigen Sekunden an die 20 bis 30 Wachen auf ihn zulaufen. »Das war keine gute Idee«, murmelte er zu sich selbst, den eben getanen Schrei bewertend.

Der Untergang durch die Anzahl der Wachen war unumgänglich. Zehn hätte er vielleicht ins Jenseits noch mitnehmen können, doch die anderen würden ihn zu Tode töten. Er musste seine Position ändern, die für ihn von Vorteil war, rannte weg, dachte an die Zahl *300* und fand alsbald einen schmalen, schwach beleuchteten Gang, in den er sich hineinstellte, sich umdrehte und dreckig zu den kommenden Gegnern grinste. Im Gang konnte man kaum zu zweit nebeneinander stehen.

Einer der Wachen: »Na? Ganz alleine?«

Ein anderer: »Jetzt wird es eng für dich.«

Ein anderer: »Schaust wohl blöd aus der Wäsche ohne deine Freunde.«

Bruce grinste noch dreckiger und antwortete: »Aber ich bin nicht alleine!« Er zog aus beiden Hosentaschen seine geschliffenen Schlagringe hinaus, die bereits auf seinen Händen fest verankert waren.

Die Wachen sahen das Upgrade, blickten nur noch finsterer drein und gingen mit Geschrei auf ihn los.

Stone grinste: »Wollt ihr wissen was im Käfig war?«

James schrie: »FALLE! ZURÜCK!«

Alle Türen machten plötzlich KLICK und versperrten sich von selbst, was deutlich zu hören war. Das Gitter vom Tor fiel hinunter. Die Wege waren versperrt. Es gab kein Entrinnen, außer über die Treppen zu den Zinnen.

George mit Augenverdreher: »Na toll. Unser Super-Ninja tappt in eine Falle.«

Sie ballten die Fäuste.

Kai zu Billy: »Ich glaube, wir wollen das nicht wissen.«

John: »Er wird es uns aber trotzdem sagen und ich fürchte auch zeigen.«

Billy: »Wo bleibt Bruce?«

George: »Ich hoffe der ist nicht mit Ralph einen trinken gegangen.«

Da knurrte es in der Dunkelheit unter dem Balkon in einer mächtig, tiefen Stimmlage.

Die *Guten* glotzten mit großen Augen, steif stehend in die Dunkelheit, als das Gitter, wie von Geisterhand hinaufgezogen wurde.

Entsetzte und erschrockene Blicke trafen einen männlichen Löwen. Nur James blickte eiskalt normal drein. Des Löwen Mähne glitzerte blitzblank, als wäre sie mit dem neuesten Modeshampoo für diesen Auftritt gewaschen worden. Seine Zähne blitzten aber heller. Ein mächtiger Brüller folgte. Die Guten rückten etwas enger zusammen und wollten sich teils hinter George, dem größten verstecken.

James, der einen klaren Kopf in dieser höchst stressigen Situation behielt: »Linie bilden!«

George zu James: »Ich nehme an, der beherrscht den Löwenstil.«

James: »Jetzt kannst du von mir aus deine Kraft mal beweisen. Deine reine Kraft.«

George ließ seine Schultern rollen, um sich ein wenig aufzuwärmen, für Bevorstehendes. Billy zu James, als dieser zu seinen Ninjasternen griff: »Nicht. Du verletzt ihn ja.«

George: »Ach. Und er uns nicht oder? Willst du das bei einem Tee mit ihm ausreden?«

Kai machte währenddessen ein Foto von dem Löwen. Nachdem er die entsetzen Augen von Madeleine geerntet hatte, fragte sie: »Sag mal, was tust du da?«

»Das glaubt mir sonst keiner, wie ich krepiert bin.«

George: »Wir krepieren jetzt aber noch nicht.«

James: »Madeleine, bleib hinter mir.«

Billy: »Haben wir einen Plan?«

John: »Wegrennen ist wohl zu feige, oder?«

Kai: »Ja, das würde George treffen, weil er am Langsamten ist.«

Billy und John schmunzelten verzwickt.

George, der alle Zeit der Welt hatte, ging darauf ein: »Also so langsam bin ich nun auch wieder ni...«

James: »Konzentriert euch gefälligst!«

Der Löwe schlich geduckt näher, knurrte tief mit offenem Maul, sah aber noch keine Angriffsfläche.

George jetzt etwas besorgt: »Haben wir einen Plan James? Oder müssen wir jetzt wirklich raufen?«

James hatte sich bereits wild umgesehen.

»Wir locken ihn in den Gang, von dem wir gekommen sind. Billy, du knackst die Tür auf. Alle beieinander bleiben und die Linie halten.«

Sie rückten langsam aber stetig zur Tür zurück. Der Löwe brüllte aggressiv. Die *Bösen* lachten am Balkon und verfolgten freudig das Spektakel.

Jeremy: »Wir haben ihn schon länger nicht gefüttert. Er wird hungrig sein.«

James: »Wir müssen uns in der Linie drehen. Der Löwe muss zur Tür.«

Sie versuchten, wie es ihnen James gesagt hatte. Etwas langsam. Aufgrund der Bewegung rastete der Löwe aus und setzte an. James änderte kurzzeitig dessen Meinung, indem er ihm ein paar Ninjasterne vor die Füße warf. Der Löwe war sich in seinem Ziel nun sicher und sprang auf James hin, wurde aber von George übel in der Luft weggestoßen, der den Sprung nach den Ninjasternen voraus sah.

Der Löwe richtete sich auf, brüllte und nahm George ins Visier, der jetzt allein vor dem Löwen stand.

»Na komm. Du willst es doch auch. Komm schon!«

James versuchte mit riesigen, schnellen Schritten um den Löwen herum, ihn nervös zu machen, um ihn in die gewünschte Richtung zu locken. Seine Sterne taten das übrige, die gefährlich knapp bei ihm landeten.

James zu Madeleine, Billy, John und Kai: »Aus dem Weg! Tür knacken! Geht dort rüber!«

George schrie den Löwen an: »KOMM SCHON!«

Der Löwe setzte wieder an und sprang auf George. Dieser verhinderte eine Gesichts-OP seitens der Zähne im Löwenmaul und verletzte sich an den Händen und Fingern mit denen er alles Mögliche zurückhielt. Die Löwenpranke verletzte George schwer am linken Arm. Die Krallen verursachten superschöne Narben. Es waren zwar nur Sekunden, doch die hatten ausgereicht, um George zuzusetzen. Dieser hörte einen Kampfschrei und ein böses Geräusch, das ein böser Tritt gewesen sein musste. Der Löwe kugelte von George runter und gab ein Winseln von sich. James war ihm mit einem Side Kick in die Schulter gesprungen, dass den schweren Körper tatsächlich von George bewegen konnte. Es folgten nicht nur ein paar Ninjastern-Geschoße, sondern dieses Mal auch ein paar Wurfmesser von Madeleine. John und Kai schrien aus Leibeskräften, sodass der Löwe einsah, es gab hier nichts mehr zu holen und verschwand in den geöffneten Gang in das Innere der Ruine. Billy hatte die Tür in Windeseile knacken können, hielt sie solange offen, bis der Löwe hindurch war und schlug sie anschließend zu. John und Kai halfen George hoch.

Kai: »Fuck. Du hast voll easy gegen einen Löwen gekämpft und fast gewonnen!«

George: »Easy! Haha! Nur *fast* gewonnen. Aber bei eurem Geschrei wäre ich auch getürmt.«

Madeleine blies aus: »Mein Herz rast.«

John: »Na frag mal George.«

»Ach, geht so.«

Kai: »Und dein Puls James?«

James angespannt: »Der ist wieder unten. Macht euch bereit. *Jetzt* geht es erst richtig los.«

Kai: »War er überhaupt oben?«

Die *Bösen* kamen aus dem Tor, wo auch der Löwe gekommen war, mit Verstärkung von 10 bis 15 Handlangern-Kämpfern. Jeremy schulte diese im Herannähern noch kurz ein.

»Auf seine Verletzung und auf seine Beine losgehen. Der Große schaut nur brutal aus. Ist aber langsam wie eine Schnecke. Habt keine Angst vor ihm.«

Die Kämpfer nickten und schauten böse.

James: »George, kannst du kämpfen?«

George: »Jaja. Na toll. Und Bruce hat wieder mal den Joker gezogen und muss nichts tun.«

Währenddessen kämpfte Bruce blutverschmiert, aggressiv und brutal im engen Gang gegen 20 bis 30 Leute. Seine schwarzen langen Haare verklebten sich im Gesicht. Bruce schrie, während er einen Ellbogen und einen Faustschlag mit dem Schlagring austeilte. Sein Gesichtsausdruck war psychopathisch erschreckend. Blut spritzte weg, als der rot befleckte Schlagring das Fleisch berührte.

»Ihr kennt wohl den Film *300* nicht, was? Ich mach euch alle fertig, Haha!« Es sah so aus, als würde er einfach wahllos

zuschlagen, doch er zielte auf die Stellen, die ihn James ein-
gebläut hatte und die er als Boxer sowieso wissen musste,
aber niemals darauf gerichtet war: Solar Plexus, Milz, Leber,
Herz, Nieren …

James: »Bitte geh jetzt Madeleine. Es wird gefährlich.«
»Echt jetzt? JETZT wird es gefährlich???«
»Denk an Jade und Bret. Bitte geh jetzt!«
John: »Bis zum bitteren Ende?«
Er und Kai blickten hoffnungserfüllt auf das Muskelmonster.
George erwiderte ein Lächeln.
Kai: »Gemeinsam untergehen?«
George: »Bis zum bitteren Ende. Gemeinsam, ja. Unterge-
hen, nein.«
Sein Blick grub sich grimmig in die Gesichter der Gegner.
John, Kai, auch Billy, die diese Sprüche von der MX-Stre-
cke selbstverständlich kannten, schöpften Hoffnung und lie-
ßen sich nicht mehr irritieren. George strahlte Macht aus,
James den Killerinstinkt und Bruce war halt nicht da.
Stone stand mit Jeremy weiter hinten am Kampffeld. Sie
griffen erst später ein, wenn alles andere versagte, womit sie
sowieso nicht rechneten.
Der Affe und die Gottesanbeterin funkelten James an, die
Schlange zu Billy, der Adler stierte auf Madeleine und die
10 bis 15 Kämpfer zu George, John und Kai.
Sie standen sich gegenüber und warteten darauf, dass der
erste angriff.
James: »Madeleine, verschwinde über die Stiegen ins Freie!
Geh jetzt! Und ihr anderen, seid unberechenbar! Keinen
Schlag dürfen sie vorausahnen!«

Madeleine sah ihre verzwickte Situation ein, dachte an Jade und Bret, besann sich das Richtige zu tun und lief zu den Stiegen los. Die *Guten* waren bereit.

Jeremy brachte den Stein für alle zum Rollen: »Adler, töte sie. LOS!«

James wollte sich sofort den Adler holen, wurde aber von der Gottesanbeterin und dem Affen aufgehalten, die ihn mit wilden Moves gleich angriffen. Billy fand sogleich mit der Schlange einen Spielpartner. John und Kai konnten Madeleine folgen und den Adler stellen, da George die 10 bis 15 Kämpfer aufhielt, die natürlich nicht den Funken einer Chance gegen ihn hatten. Respektlos erfolglos angegriffen. George schlug sie alle gegen Ecken und die Mauer. Einen der Statisten stemmte er hoch und warf ihn auf die anderen, die wie Kegel umfielen. Ein anderer rettete sich mit einem Salto von einem German Suplex seitens George. Ein anderer rettete sich ebenso von einem Belly to Belly Slam. »Jaaa, rettet euch doch alle mit einem Salto!« Von da an machte er keine Griffe bei den dünnen, flexiblen Handlangern, sondern nur noch brutale Tritte und Schläge. Auch mit dem Kopf.

Madeleine war bereits zehn Stiegen weiter, als der Adler, der als Erstes auf John traf und ihn mit einer brutalen Adlerklaue seitlich in den Mund griff, die Wange fasste und ihn von den ersten paar Stiegen riss. Er konnte sogar einen Nachschlag auf die Kopfseite anbringen, während John runterfiel. Der Adler sprang die Stiegen zu Madeleine nach. Kai war ihm auf den Fersen.

Madeleine lief die Brüstung entlang. Der Adler drehte sich um, da er vorher Kai abschütteln musste, um sich in Ruhe um Madeleine kümmern zu können. Eitel blickte er Kai entgegen, der aber nicht mehr bremste und ihn sofort angriff, womit er nicht gerechnet hatte, da er der Meinung war, den Stärksten sollte man überlegt angreifen. Zwei knallharte Sprünge (der zweite war in Form eines Spinnings durchgeführt worden) trafen ihn auf der Brust mit einem irren SCH-JEAH-Kampfschrei. Er verlor das Gleichgewicht und stolperte rückwärts auf den Boden. Sofort richtete er sich auf und imitiert die Adlerkrallen nach, wo er ein paar schwere Kicks von Kai blocken konnte, die wie Regentropfen auf ihn einprasselten, um ihn dann selbst schwer zu verwunden. Der Adler fand einen Weg durch die Kicks hindurch und traf ihn einmal in die Seite, wo er tatsächlich den Vitalpunkt erwischte. Kai schrie auf. Die Adlerklaue packte seine Schulter und schleuderte ihn gegen eine Zinne. Kai sank zu Boden. Der Adler sah sich um Madeleine um, die er aber nicht sah. Er schaute wieder zu Kai hinunter: »Das wirst du büßen.«

Plötzlich hörte er schnelle Schritte und konnte einen schlimmen Sprung von John gegen seinen Kopf vereiteln, indem er auswich.

Johns Mundseite, wo der Adler ihn griff, war blutig. Leichte Hautfetzen hingen weg. Des Adlers Klaue schlug ihm eine in den Rücken, als sich John zu langsam umdrehte. Ein Tritt folgte nach und John lag.

Adler: »War das alles?«

Da bekam er einen Schlag in die Nieren, den er von Kai einstecken musste. Wütend drehte er sich um und schlug ihm erbarmungslos auf den Kopf und kickte nach. Kai zuckte am Boden zusammen.

Abermals sah sich der Adler um, sah beide Kontrahenten liegen, wollte sich gerade für einen entscheiden, den er des Lebens beraubte, sah aber George ihm auf der Wehrplattform entgegengehen.

Im Kopf ging George gerade das Training durch, das sie über den Adler gelernt hatten.

Rückblende: James: »Kein Schlag darf dich erreichen. Es könnte der letzte sein, den du einstecken kannst.«

George nahm seine Fäuste vor das Gesicht. Der Adler lachte.

Rückblende: James: »Was ich aber im Bürogebäude mitbekommen habe, ist des unseres Adlers Schwäche seine große Arroganz. Er ist sich immer sicher. Und er spielt sich. Er beendet nicht gleich. Das musst du ausnutzen. Täusch Schwäche vor, er wird von seiner Überlegenheit geblendet sein und schlag im richtigen Moment effizient zu.«

George sah den Adler nachdenklich an und blies noch ein paar Mal schwer aus, ehe er es mit ein paar Kopftreffern mit der Faust versuchte. Er versuchte unbeholfen zu wirken, wollte aber dennoch einen wahrhaften Treffer erzielen. Der Adler bückte sich mühelos zur Seite. Er musste nicht mal das volle Potenzial seiner Reflexe abrufen. George war einfach zu langsam für ihn.

»Schneller, Großer. Schneller.«

Jetzt versuchte ihn George zu packen, als der Adler abermals auswich und ihn beim verletzen Oberarm die Krallen reinschlug und runterriss, als würde er eine alte Fassade entfernen. Blut spritzte weg. George schrie auf.

Währenddessen am Schlachtfeld unten: Stone und Jeremy hielten sich noch immer im Hintergrund auf und beobachteten. Alles war vorerst unter Kontrolle. Unten hat George alle 10-15 Kämpfer fertig gemacht. Diese lagen herum und waren ausgeknockt.

Billy tanzte mit der Schlange. Die Schlange zischte:

»Greif an.«

Billy: »Greif du doch an.«

»Weißt du was an Schlangen so gefährlich ist?«

»Sag es mir.«

»Unsere vielen Optionen einen Menschen auszuschalten.«

»Das war jetzt nicht sehr lehrreich. Es scheint, als wärst du zu lange im Schatten des Adlers gewesen und dein Hirn funktioniert nicht mehr richtig.«

Die Schlange wurde wütend und griff an, die Hände zu Schlangenköpfen geformt. Billy verarschte ihn und imitierte die Schlange nach.

Rückblende: James: »Irritier den Gegner, verunsichere ihn und triff ihn dort, wo er zu treffen ist. Versuche ihn erst gar nicht am Kopf zu treffen, wenn das schon unmöglich erscheint. Vor allem bei der Schlange.«

Billy schlug dem Tierstil-Kämpfer die ganze Zeit die Hände mit der flachen Hand oder mit Kicks weg, die die Schlange als tödliche Waffe gegen den Hals immer wieder verwenden wollte. Einstecken musste er ein paar Körpertreffer, die er durchgehen ließ. Wichtiger waren die Halsschläge, denen er ausweichen musste.

James stand stark gegrätscht da und registrierte links den Affen und rechts die Gottesanbeterin. Der Affe griff schnell an, aber sehr unpräzise. James wich zweimal aus und verpasste ihm einen bitteren Kinnhaken mit einem Tritt in den Magen. Die Gottesanbeterin sah ihre Siegesminute gekommen, da James verkehrt herum stand, verfehlte aber den Doppelschlag mit den tödlich scharfen Stangenmessern gegen beide Seiten des Halses und bekam es mit einer absurd, schnellen Kombination von Schlägen auf die Vitalpunkte zu tun. Tot brach sie zusammen.

Der Affe kam mit einem wirren Hand- und Armgemenge in der Luft zurück, was James ein wenig ratlos machte. Er wich erneut aus und trat saftig nach. Der Affe fiel abermals. Da fiel ihm Jeremy von hinten um den Hals und versuchte ihn zu würgen. Sie gingen beide zu Boden. Jeremy drückte ihm die Luft weg. Einige Ellbogenstöße in den Magen ließen ihn lockern und so konnte er sich befreien. Bevor James ihn aber ausknocken konnte, musste er einen Tritt von Stone ins Gesicht einstecken, der auch auf ihn zu gerannt war. Für diese Aktion kassierte er einen blitzschnellen Wurf von einem Ninjastern in die Handfläche, die er gerade noch vor sein Gesicht halten konnte. Er schrie auf vor Schmerz. Der Affe kam mit einem Tritt in James' Rücken zurück, der jetzt etwas viel zu tun hatte.

George versuchte es mit ein paar weiteren Schlägen gegen den Adler, der aber wiederholt auswich. Von John und Kai konnte er sich keine Hilfe mehr erwarten, da sie noch benommen am Boden lagen. Der Adler ging jetzt einmal mehr aufs Ganze und ließ George mit ein paar Superkicks vor ihn hinknien.

»Groß, schwer, viel Kraft und nichts dahinter.«

Er packte George mit seiner rechten Klaue am Hals und mit seiner linken am Kopf. George griff ihn auf den rechten Arm und versuchte ihn wegzudrücken und rang um Luft. Vergeblich. Die Kicks an den Körper kosteten in wichtige Luft, die ihm wegblieb und jetzt verwehrt wurde.

Da schrie der Adler auf, weil er ein Wurfmesser in seine Wade von der zurückgekehrten Madeleine bekommen hatte. George, der schon rote Augen vom Würgeangriff hatte, nutzte den unachtsamen Moment und packte den Adler mit seiner rechten Hand und hievte ihn mit einem schnellen Wegstemmen über die Brüstung durch zwei Zinnen. Fallend hörte man den Adler noch schreien. Nach ein paar Sekunden, da es ziemlich lange bergab ging, weil die Ruine auf einer Anhöhe gebaut war, verebbten die Hilferufe.

George schrie nach: »Flieg Adler, flieg!«

Er sank müde sitzend auf den Boden zurück und keuchte: »Danke Madeleine.« Madeleine mit Tränen in den Augen: »George, du musst James helfen. Jetzt!«

George blickte in den Innenhof hinunter, wo eben dieser Kampf stattfand und hievte sich auf: »Fuck. Ja. Ich geh schon.«

James war schlimm in Bedrängnis vom Affen, Jeremy und Stone.

George zu sich selbst, während er die Stiegen runterhumpelte: »Niemals gegen zwei kämpfen von dieser Sorte, hat er gesagt. *Er* kämpft gleich gegen drei, der Superheld.«

Da wurde es plötzlich laut auf der Brüstung, als durch eine Tür eines kleinen Wächterturms die berühmte Honda rollte. Der Fahrer stellte sie ab, nahm den Helm ab und entblößt wurde das Gesicht des Kranichs.

(HIIIAAA!)

Da das MX-Bike keinen Ständer hatte, lehnte er es an die Burgzinne. Fröhlich pfeifend ging er auf Madeleine zu. Er hatte eine rote Jeanshose, rote Schuhe und ein rotes T-Shirt an, auf dem ein schwarzer Kranich abgebildet war, an. Auf seinem Kopf hatte er sich ein rotes Tuch umgebunden. Sein blonder Haarbusch sah oben drüber.

Madeleine erschrocken über die rasche Erscheinung des Tierstil-Fighters: »John! Kai! Aufstehen!«

John raffte sich stöhnend hoch, Kai tat selbiges, als sie das Antlitz des Feindes erblickten. John: »Wo ist der Adler?«

Kai: »Das ist dieser Flamingo, von dem sie erzählt haben, oder?« Der höfliche Kranich antwortete: »Kranich.«

Madeleine ohne den Gegner aus den Auge zu lassen: »Der Adler hat Flügel bekommen.«

John: »James hat gesagt, du sollst gehen.«

Madeleine nickte: »Schafft ihr ihn zu zweit?«

Kai spuckte Blut auf den Boden: »Na easy.«

Madeleine verließ das schmale Kampffeld in die andere Richtung der Brüstung.

Viele Spinning Kicks von Billy landeten am Kopf der Schlange. Er hatte es durch eine hohe Abwehrquote letztendlich geschafft die Schlange zu frustrieren und zu zermürben. Ziemlich schnelle und viele Kicks und immer wieder landeten sie. Die Schlange war schon rot und blau im Gesicht. Blutige und blaue Flecken!

»Gib auf!«

»Niemals!«, zischte die Schlange und wusste schon gar nicht mehr, wo oben und unten, links und rechts war, hatte aber den eisernen Willen wie die anderen Tierstil-Fighter, den aussichtslosen Kampf trotzdem mit dem bevorstehenden Tod zu beenden.

John: »Kannst du eh noch?«

Kai: »Klar. Alles easy. Hab mich nur so verwundet gestellt.«

»Ich mich auch.«

Der Kranich stellte sich in seine Trademark-Position.

Kai: »Wie war das noch mal bei dem?«

»Der ist passiv und wartet auf Fehler.«

»Aha. Dann machen wir auch mal nichts und warten auf seine Fehler.«

»Gute Idee.«

»Nächste Woche Motocross fahren?«

John nach kurzem Überlegen: »Jaaa, wieso eigentlich nicht. Fragen wir Billy und George dann auch noch.«

James nahm alle seine Macht zusammen und schlug gegen Jeremy zurück. Auch gegen Stone kam er ein wenig an. Den Affen ebenso, doch es gab keine Zeit zu verschnaufen und so landeten sie immer öfter Treffer auf Körper und Kopf.

Bruce räumte im Gang noch immer auf, war beinahe durch, als im Gang hinten von der anderen Seite ein Löwe *zusammenräumte*. Die Kämpfer schrien und flüchteten nach vorne weg. Bruce musste ebenfalls laufen, als er verdattert feststellte, was da los war.

Es kam soweit, dass Jeremy und Stone den völlig fertigen und müden James links und rechts bei den Armen hielten. Der Affe wollte ihm den Gnadenstoß (oder eben einen echt fiesen, bösen Schlag) verpassen, als James dem Griff von Stone entkam und noch mit einem Finger einen Vitalpunkt beim Affen traf, der aufschrie und seinen linken Arm nicht mehr bewegen konnte.

Affe: »Dafür wirst du büßen!«

»Glaub eher du!«, kam es von Billy, der mit der Schlange fertig geworden war und sich nun den Affen mit brutalen Taekwondo-Sprüngen hernahm, um rasch gegen einen von ihnen zu gewinnen, da James am Boden vor lauter *Bearbeitung* zusammengebrochen war und jetzt auch Stone und Jeremy auf ihn losgehen wollten.

Der Affe wurde einmal schwer getroffen, konnte dem Rest aber ausweichen. Jetzt musste Billy den wilden, schnellen Schlägen von Jeremy ausweichen. Selbst *ein* Schlag in seine Blockade von ihm hatte geschmerzt.

Stone wollte gerade eingreifen, als jemand seine durchlöcherte Hand unsanft anfasste. Er schrie auf.

»Darf ich um den Tanz bitten?«, fragte George, der es endlich zum Hauptkampf geschafft hatte.

Rückblende:

Im Trainingsraum bewegte George ziemlich viel Gewicht auf der Stange beim Bankdrücken. Um ihn herum seine Brüder und Freunde, die schrien: »George! George! George!«

George holte aus und knallte dem überraschten Stone eine volle Breitseite Kraft ins Gesicht. Blut spritzte. Stone ging zu Boden und blieb liegen.

Jeremy ging von Billy, den er etwas zusetzen konnte, auf George los, der etwas aus der Puste war. James sah vom Boden aus zu, konnte sich aber vor lauter Schmerzen nicht mehr bewegen. George kassierte eine nach der anderen von Jeremy. Vor allem auf seine Löwenverletzung am Arm. Billy war wieder mit dem Affen beschäftigt.

James sah kurz schwarz für die Brüder, als er eine Holztür aufbrechen und eine bekannte fluchende Stimme hörte, drehte er sich zum Geräusch und sah dort Bruce mit Psychoblick in einer Maske aus Blut stehen. Die Kleidung war ebenso rot und schmutzig, wie seine Haare, die ihm ins Gesicht hangen.

James lächelte und schöpfte wieder Hoffnung:

»Jetzt seid ihr fällig! Jetzt habt ihr verloren!«

Bruce scannte die Situation ab. Sein Wut-Level stieg als er die leichte Übermacht des Gegners sah.

Er lief sofort George zu Hilfe und beendete eine Schlagserie von Jeremy gegen George, indem er dessen Schulter packte, ihn umdrehte und ihm einen bösen Kinnhaken verpasste und einen weiteren Wuchtschlag auf die rechte Knochenwange. Blut spritzte. Jeremy stolperte weg und musste sich wieder fangen. George, der sich schon wie ein Boxsack gefühlt hatte, ging keuchend zu Boden und rief gen Himmel: »Mach ihn fertig Bruce!«

James schrie zu Billy: »Nicht zögern Billy! Er würde dich sofort töten, wenn er könnte!«

»Jetzt!«

John und Kai versuchten angeschlagen gegen einen fitten Kranich zu kämpfen. Da dieser auf einem Fuß nur stand, trat Kai mit einem unteren Kick hin, um ihn auf den Boden der Tatsachen zu holen. Dieser sprang allerdings elegant in die Luft, hatte genau auf diesen Moment gewartet und trat ihn gegen die Brust weg. John ging mit Spinning Elbows auf ihn zu und zeigte gelenkige Drehungen. War dem Kranich aber egal und er verpasste ihm im perfekten Augenblick eine in den Rücken. John stolperte zu Kai hinüber, der keuchend von sich gab: »So schaffen wir den nicht. Das kann ich dir gleich sagen.«

John: »Wir müssen ihn von hier oben runter stoßen, so wie es George beim Adler gemacht hat.«

Kai: »Na bitte, dann mach.«

Kranich: »Äh, ich kann euren Plan hören. Und … so leicht werdet ihr mich nicht los.«

John und Kai hatten sich wieder aufgerafft, sahen sich an, nickten und gingen wieder auf ihn los.

Der Kranich schüttelte den Kopf, da der Angriff alles andere als überlegt war.

Wieder kam ein Bodendreher-Kick von Kai. Dieses Mal aber schneller. Doch wieder trat der Kranich ihn mit Leichtigkeit, nur diesmal ins Gesicht. John kassierte einen bösen Kranich-Faust-Kombo ebenfalls ins Gesicht.

Wieder lagen sie am Boden, keuchten und sahen die Dreifaltigkeit an, der das Posieren besser beherrschte als alle Mr. Olympias zusammen.

Überheblich starrte er sie an. »Kann ich noch was erwarten von euch?«

Kai: »Scheißpassivkämpfer. Wollen immer nach Punkten gewinnen.«

John: »Hast du gesehen, wie wir ihn kriegen?«

»Na klar. Bin ja nicht blind. Ich meine, die Überheblichkeit von dem blendet schon etwas.«

Der Kranich in ruhigem Ton: »Darf ich die Herrschaften bitten? Ich muss meinen Kollegen da unten helfen.«

Johns Hände verkrampften leicht: »Na dann los. Geht es noch?«

Kai mit zittrigen Beinen: »Na klar. Ging mir nie besser.«

»Du blutest ein wenig.«

»Soll ich dir mal einen Spiegel bringen? Du siehst sicher schlimmer aus.«

Kai stellte sich wieder als Erster an. John genau dahinter. Der Kranich beobachtete jede Geste von ihnen und verharrte in der Kranich-Position. Kai täuschte einen Bodendreher an. Der Kranich fiel drauf rein und sprang wieder. Kai kam stattdessen mit einem irren schnellen Frontalkick gegen den Oberschenkel nach, der dem Kranich das Gleichgewicht kostete und vorwärts fallen ließ. John hielt nur noch das Knie hin.

Perfekt getroffen. Genick gebrochen.

John und Kai lagen am Boden neben der Leiche vom Kranich und keuchten.

»Tut dir auch alles weh?«

»Ja. Wieso haben wir nicht eine Panzerung angezogen?«

»Keine Ahnung. Weil hier jeder um eine Ego-Politur mitkämpft.«

Billy schaltete den wilden Affen mit einem unspektakulären, aber effizienten Sleeper Hold aus, nachdem dieser fast die Oberhand gewonnen hätte, obwohl er auf einem Arm gelähmt war. »Schlaf Äffchen.«

Bruce verlor den Kampf gegen Jeremy, der ein anderes Kaliber von Kämpfer war als die anderen. Vollkommen vom Sieg besessen. Bruce war zu aggressiv vorgegangen und hatte viele Schläge ins Leere gefeuert. Letztendlich schlug ihn Jeremy nieder. »Erinnert dich das an was? Wie früher.«

Bruce lächelte am Boden mit blutigen Zähnen entgegen: »Einen hast du noch vor dir.«

Jeremy drehte sich um und erblickte Billy, der gerade den toten Affen wegtauchte. Dann blickte er sich am Feld um. George, James und Bruce lagen, sowie alle Kämpfer, die auf Jeremys Seite gestanden hatten. Stone war verschwunden.

»Gleich hab ich euch geknackt«, meinte Jeremy erfreut.

Bruce lachte: »An dem kommst du nicht vorbei. Das ist unser Stärkster! Haha.« Als Billy den Satz ausgerechnet von Bruce hörte, tankte er damit neue Energien, Hoffnung und Mut.

Jeremy lachte: »Dich werde ich besonders leiden lassen, dass es alle deine Brüder mitbekommen.«

George: »Schlag ihn bitte sofort die Fresse ein Billy, ich kann dieses Geschwafel nicht mehr hören.«

Billy nickte und hatte einen haftenden Blick auf Jeremy gerichtet. Hochkonzentriert schritt er näher. Er schüttelte die verkrampften Hände und Arme nochmal durch, ehe er Fäuste ballte und wieder auf machte.

James half ebenfalls durch einen Tipp: » Präzession,   nicht Intensität!«

Rückblende:

James: »Präzession ist wichtig, nicht die Intensität. Und Billy. Dem Menschen, dem du diesen Schlag injizierst, der stirbt mit Garantie. Also sei dir sicher. Man kann nicht zur Hälfte sterben. Einmal ausgeführt, ist es nicht wieder rückgängig zu machen.

Jeremy: »Fresse alle zusammen!«

Billy zog sich die Schuhe und dann die Socken aus. Jeremy lachte und zeigte hinunter. »Willst du mich mit deinem Fußgeruch töten?«

Rückblende:

James: »Die supergeheime Spezialtechnik besteht aus einer Kombination. Nämlich aus der TDT und der TZT.«

Billy superaufgeregt über das Supergeheime: »Und was heißt das ausgesprochen?«

»Du musst die Todesdaumentechnik und die Todeszehentechnik gleichzeitig anwenden!«

»Und was ist wenn ich das nicht tue?«

James starrte ihn mit einem Death-Metal-Blick an: »Dann stirbst *du!*«

»Was? Echt?«

»Das war ein Scherz. Du kannst auch nur eine anwenden. Also. Welche willst du lernen?«

»Beide!«

»Dachte ich mir. Wenn du beide lernst und diese wirklich kombinierst, tötest du ihn nicht nur, du nimmst ihm seine Seele!«

»Was? Echt?«

»Billy«, lächelte James, »dir kann man auch alles einreden.«

»Jetzt zeig schon!«

Billy und Jeremy standen sich gegenüber. Nach einigen Kombinationen Jeremys, denen Billy erfolgreich ausweichen konnte, schnellte dieser mit einer Blitzattacke zu ihm, die die reine Intrige verkörperte. Besser gesagt mit einem angespannten Daumen.

Jeremy bekam keine Luft mehr und sank auf die Knie. Jetzt bekam er einen Kick auf die Schläfe mit Billys großer Zehe, die genau den Blutstau, der Hauptschlagader traf, den der Daumen vorher ausgelöst hatte. Blut spritzte hässlich weg. Das Blut im Körper, das noch drinblieb, stoppte. Keine Ader und kein Nerv wurden mehr versorgt. Das Herz hörte zu pumpen auf. Es hielt an. Es war tot. Out of order.

Billy lag bei seinen Brüdern am Schlachtfeld und hielt sich die große Zehe, die gebrochen war. Auch sein Daumen war gebrochen.

James: »Verdammt gute Durchführung, Billy.«

Der antwortete keuchend: »Danke.«

Bruce: »Es geht.«

George, James und Billy lachten. Bruce schmunzelte.

George: »Stone ist entkommen. Ich sehe ihn nirgends mehr.«

James: »Macht nichts. Den holen wir uns das nächste Mal.«

John schrie von der Brüstung auf das Schlachtfeld hinunter: »Alle noch am Leben?«

Bruce: »Es geht!«

James: »Und bei euch?«

Kai: »Alles easy!«

Alle lachten. Alle bluteten. Sie hielten sich ihre verwundeten Körperstellen, die schmerzten.

Stone lief hinter der Ruine durch den Wald, vorbei an Sträuchern und Bäumen. Kleine Füße folgten ihm und sprangen ebenfalls über die Hindernisse und Tücken des Waldes, wie zum Beispiel das Wurzelwerk.

Der alte Tyrann blickte sich im vollen Lauf um, sah niemanden und freute sich, stolperte aber dadurch und fiel. Der Sturz war wegen dem moosigen blättrigen Waldboden nicht hart.

Teuflisch grinsend sagte er zu sich selbst: »Ich werde wieder kommen und sie alle zermalmen.«

Er stand auf, lief los und bekam ein Wurfmesser und einen Ninjastern in den Rücken geschossen. Er schrie auf, stolperte abermals und fiel. Er raffte sich sogleich wieder auf und lief abermals weiter. Wieder fand ein Wurfmesser und ein Ninjastern sein Ziel.

Er schaffte es aus dem Wald und fand sich auf einer Straße wieder, die durch den Wald führte.

Dort versuchte er das Messer und den Stern zu entfernen und ging dabei in die Knie. Hilflos ruderte er mit den Armen herum.

Er drehte sich zurück, um die Assassinen zu identifizieren, die die Geschoße losgelassen hatten und konnte seinen Augen nicht trauen, als er zwei Kinder aus dem Wald laufen sah. Hinter ihnen ging Madeleine aus dem Wald. In sicherem Abstand zu Stone blieben sie stehen.

Jade: »Mama, wir haben ein bewegliches Ziel getroffen.«

Bret: »Ich aber zuerst.«

Jade protestierte: »*Ich* habe zuerst getroffen.«

Stone hatte den Mund offen und wusste nicht, wie ihm geschah – Von Minderjährigen zur Strecke gebracht!

Madeleine: »Das habt ihr super gemacht Kinder. Das werden wir dann gleich eurem Vater erzählen. Der wird sicher voll stolz auf euch sein. So wie ich.«

Stone schrie noch immer kniend: »Ich bringe euch alle um!« Er prustete Blut und Sabber dabei aus. Dann ging es ziemlich rasant bergab mit ihm, da die Wunden Wirkung im Körper und in der Psyche zeigten.

Er wechselte ins Stadium des Kampfdeliriums, völlig abtrünnig von dieser Welt. Er begann dahin zu vegetieren. Zäher Speichel, gemischt mit Blut trat aus dem offenen Mund. Jade und Bret sahen Stone an, als hätte er was Falsches gesagt.

Bret begann leicht nervös zu fragen: »Warum sagt der Mann sowas?«

Jade mit bösem Gesicht, was trotzdem gut aussah: »Weil er böse ist. Hast du ja vorher gehört. Böse Menschen sagen so was.«

Stone schrie noch einmal. Dieses Mal wirres Zeug. »Wwwwwwlllaaaaarrrrrgggggghhh!!!«

»Kinder, duckt euch, ich meinte, dreht euch um und geht mal los. Ich komme gleich nach. Ich erledige noch kurz etwas. Wenn ihr euch umdreht und schaut, gibt es Hausarrest und Trainingsverbot. Ihr kennt doch die Geschichte von der verdammten Sara, die zu einer Salzsäule erstarrt ist, weil sie sich nach Sodom und Gomorra umgedreht hat!?!«

Jade und Bret bekamen große erschrockene Augen, taten sofort wie ihnen geheißen und marschierten langsam los. Ihr Hals war wie eingerastet und ihre Augen geradeaus gerichtet, da sie Angst vor dieser Salzsäulen-Horrorgeschichte hatten.

Madeleine jetzt bissiger: »Steh auf!«

Stone tat auch wie ihm geheißen, torkelte schwindelig in einem kleinen Radius herum und ballte seine gesunde Faust.

Madeleine todernst: »Du wandelst hier schon viel zu lange mit deinen Gräueltaten herum. Du wirst niemanden mehr bedrohen.«

»Elende Schlampe! Ich werde dich und …«

Madeleine verpasste ihm einen blitzschnellen Spinning-Elbow in den Kehlkopf. Ein Knacken war zu vernehmen.

Als er am Boden lag und um Luft röchelte, schickte sie ihm ein Wurfmesser nach. Dann spuckte sie ihn noch an.

Sie machte ein gleichgültiges Gesicht, blickte zu ihren Kindern, die schon einige Meter weg waren (und wie steife Roboter gingen) und begann ihnen in gemütlichen Joggingstyle nachzulaufen.

Als sie sie eingeholte hatte, fragte Bret: »Geht's dir eh gut Mama?«

»Na klar Bret.«

Jade: »Und was ist mit dem bösen Mann?«

»Dem geht's jetzt nicht mehr so gut.« Sie tätschelte den beiden liebevoll den Rücken.

Kapitel 9 – Ende

Billy humpelte auf zwei Krücken in das Krankenzimmer, wo die anderen Kämpfer gelagert waren, die schwereres davontragen mussten, als nur eine gebrochene Zehe und einen gebrochenen Daumen. Sie lagen alle im selben Zimmer.

Eine Krankenschwester wickelte den Verband von Ralphs Kopf hinunter. »Wie sieht mein Gesicht aus?«

Bruce: »War nie schöner.«

Ralph zeigte ihm den Mittelfinger. Bruce lächelte.

»Hast du nicht gesagt, dass du noch Schulden in meiner Bar hast?«

»Äh, nein. Kann mich nicht daran erinnern.«

»Oh doch. Du hast so getan, als stirbst du beim Tigerangriff und hast mir das gebeichtet und dachtest wohl, dass ich dir die Sünden und Schulden vergebe und erlasse.«

Ralph verdrehte die Augen. »Von deiner Freundschaft kann man echt nichts haben.«

»Oh doch. Zu deinem Geburtstag hab ich dir diese Anti-Transpirant-Creme gekauft.«

»Oh, na danke«, lachte Ralph.

John: »Von wem hast du eigentlich die Blumen?«

Kai: »Ja. Bei James ist es uns klar. Aber bei dir?«

Bruce wurde verlegen.

Billy: »Na von Lara wahrscheinlich.«

»Halt einfach deine Klappe, Billy!«

Gelächter.

George: »Und James? Wie war der Kampf gegen den Drachen?«

John: »Den hast du allein im Keller besiegt?«

Kai: »Wollte er den Kuss des Drachen anwenden?«

Gelächter.

James schlug seine Hände vor die Augen: »Bitte verlegt mich in ein anderes Zimmer. Ich will nicht hier sein. Ihr schaut zu viele Filme!«

Kai: »Hey, immerhin hat Billy auch so eine Hardcore-Attacke drauf, die mit einem Schlag tödlich endet.«

Billy ganz verlegen und stolz zugleich: »Ich hatte Glück. Und einen super Lehrer.«

James lächelte ihn bescheiden an.

Bruce: »Jaja. Mit meiner Vorarbeit.«

George: »Und mit meiner Vorarbeit.«

Bruce: »Von wo hast du eigentlich diese langen Kratzspuren am Arm? Das sieht ja brutal aus. Hat dich da einer mit mehreren Messern gleichzeitig erwischt?«

George: »Das war einer mit Löwenstil.«

Die anderen lachten.

Bruce: »Apropos! Ich hatte ein wenig Hilfe im Gang. Das werdet ihr mir jetzt nicht glauben, aber da ist ein echter Löwe herumgerannt und hat ein paar Kämpfer gekillt.«

Die anderen lachten wilder.

Bruce entrüstet über die Ungläubigen:

»Ich schwör es! Wirklich! Glaubt mir! Der war voll echt! Mit Mähne und groß war er und Krallen und …«

Worte des Autors

Ein großes und herzliches **DANKE** an euch,
die dieses Buch gekauft und gelesen haben!

Charly Cesar